Ralf Federwisch

Der Chachapoya

Ralf Federwisch

Der Chachapoya

Erzählung

Bibliografische Information der Deutschen Nationalbibliothek:
Die Deutsche Nationalbibliothek verzeichnet diese Publikation in der Deutschen Nationalbibliografie; detaillierte bibliografische Daten sind im Internet über http://dnb.dnb.de abrufbar.

Titelabbildung: Walburga Schild-Griesbeck
                  Kunstgalerie Atelier Freiart
                  Dinslaken

Herstellung und Verlag: BoD – Books on Demand, Norderstedt

ISBN: 978-3-7578-0569-2

Inhalt

Ein seltenes Vergnügen

Hannes erwartet heute Besuch. Das ist nicht oft so, denn meistens muss er dem Vater im Garten oder bei den Tieren helfen. Martin, dessen Eltern einen der großen Höfe im Dorf besitzen, will vorbeikommen. Sie kennen sich aus der Schule, aber eigentlich gehen sie aneinander vorbei. Martin hat viele Freunde und ist eine Klasse weiter. Denn auch wenn alle Schüler in einem Raum sitzen, achten doch besonders die größeren sehr genau darauf, wer in den Reihen an den Bänken wo hingehört. Als Hannes nach Hause kommt, erledigt er schnell und sorgfältig die paar Hausaufgaben, jedenfalls so gut er kann. Der Lehrer ist richtig streng, wie wohl nicht nur Hannes empfindet. Er bemerkt aber auch jede Kleinigkeit und das hat immer schlimme Folgen.

Sein Vater muss den Tag über arbeiten und macht meist erst am späten Nachmittag Feierabend, deshalb isst Hannes mittags bei seiner Oma.

Dort angekommen, verschlingt er viel zu hastig die mit der Gabel zerdrückten Kartoffeln, das Spiegelei und sogar den Rosenkohl. Seine Oma hat extra für ihn Semmelbrösel in guter Butter in der schweren gusseisernen Pfanne gebraten. Doch auf den Nachtisch verzichtet er, nur um endlich wieder gehen zu können.

„Was ist denn los?", will die Oma wissen, „drüben bei euch ist doch niemand und mir erzählt, wie es in der Schule war, hast du auch noch nicht."

„Keinen Hunger mehr. Tschüss."

Hannes, der sonst immer beim Abtrocknen des Geschirrs hilft, verschwindet schnell um die Ecke den ganz kurzen Weg über die Gasse nach Hause. Nun ist er sehr gespannt, ob Martin wirklich kommt. So richtig kann er sich das noch nicht vorstellen.

Ohne es wirklich zu bemerken, geht er in der kleinen Stube immer wieder zum Fenster. Die Gardine schiebt er ganz vorsichtig nur eine Kleinigkeit beiseite. Ab und zu wippt er leicht von einem Fuß auf den anderen. Dann, die große Wohnzimmeruhr, die der Vater jeden Abend nach dem Essen aufklappt und mit dem Flügelschlüssel knackend aufzieht, hat gerade dreimal geschlagen, hält er es nicht mehr aus und geht in den Hof.

„Na!"

Hannes fährt herum. - Hinter ihm steht grinsend Martin.

„Kommst du endlich!", entfährt es Hannes.

„Zeig mir alles", fordert Martin und zieht den verdutzenden Hannes Richtung Stalltür, „ich will sehen, was in eurer Scheune ist."

Martin schiebt den Holzriegel zur Seite. An der Tür muss er kräftig ziehen, weil sie mit zwei oder drei Latten über das Kopfsteinpflaster des Hofes schleift. Der Vater wollte schon lange die Angeln ein wenig heben, doch sie haben sich längst daran gewöhnt.

Drinnen grunzen die Schweine und eines schnüffelt knabbernd an den Eisenstangen über dem Futtertrog, der schon seit dem späten Morgen restlos leer gefressen ist.

Die beiden gehen an der ersten Box vorbei.

„Habt ihr nur das eine?", will Martin wissen. Doch in seine Worte hinein, hebt das andere die vorderen Haxen auf die Mauer und mit nach vorn gerichteten Ohren schaut es raunzend Martin an. Der weicht mit einem kleinen Satz und einer leichten Drehung zur Wand aus und macht sich so an der gekalkten Wand den Ärmel seines blaugrau gestreiften Hemdes weiß.

Hannes war schon vorher an der Seite in der Nähe der Wand geblieben und kann jetzt kaum sein Grinsen verbergen.

„Papas ganzer Stolz, unheimlich gefräßig. Sie wiegt jetzt schon drei Zentner und hat mich auch öfter mal überrascht.", schwärmt er.

„Wo habt ihr euer Stroh?", fragt Martin, kaum vom Schreck erholt, nach einer kleinen Pause. Hannes zeigt auf die Luke in der Decke. „Direkt über uns."

Nachdem sie den Stall verlassen haben, gehen sie durch das große Tor in die Scheune. „Da hinten in der Ecke ist der Pferdestall, zwei hatten Platz, wir haben aber keine mehr. Und dort stehen unsere Kühe, Lotte und Luisa." Die beiden schauen mit großen dunklen Augen wiederkäuend und auf dem Bauch liegend gelangweilt zu den Jungs rüber. Eine dreht ihnen ein Ohr zu, als wollte sie hören, was die zwei reden. Als sie den Schwanz auf den Bauch fallen lässt und er wieder zurück ins Stroh gleitet, steigen hastig surrend zahlreich die Fliegen auf, nur um sich kurz darauf wieder niederzulassen.

Der Boden der Scheune ist gestampfter Lehm und entsprechend holprig. Mitten im Gang führt eine Leiter hinauf. Die abgegriffenen Sprossen liegen weit auseinander, doch Martin ist schon auf dem Weg und Hannes folgt ihm. Oben sind neben den Brettern, zu der einen Seite hin, in größeren Abständen recht dünne Balken zur Wand hin angebracht, auf denen das Heu aufgetürmt lagert. So kann man es schnell neben den Kühen runterfallen lassen. Martin beginnt entschlossen auf dem ersten freien Balken zur Mitte hin zu balancieren. Die Arme vom Körper weg leicht angehoben, setzt er vorsichtig einen Fuß vor den anderen. In der Mitte angekommen, schiebt er einen Batzen Heu durch den Spalt. Der rieselt staubend auf den Haufen, der schon unten aufgetürmt liegt. Ein kurzer Blick, ein Satz, schon ist er darin gelandet.

„Los komm", fordert er Hannes auf, indem er sich aus dem Grasgewirr befreit und wieder auf den Weg nach oben macht. Hannes zögert und der Sprung kostet ihn reichlich Überwindung. Sein Vater hatte ihn eindringlich gewarnt und die Springerei verboten. Nur langsam klettert er die Stufen wieder hoch.

Hinter ihm ist schon Martin angekommen, der ihn antreibt: „Mach vorwärts, los!"

So kommen sie fast gleichzeitig wieder oben an. Das geht gut, weil die breite Leiter weiter über den Boden bis hinauf zu den Dachpfannen reicht. Beide treten seitlich auf die Holzdielen, die zur anderen Seite angebracht sind. Durch ihre dünnen Ritzen kann man unten ein bisschen von den Kühen und dem Stallboden sehen.

Martin überholt gleich Hannes und bewegt sich immer geschickter in die Mitte des Balkens und mit dem nächsten Satz ist er auch schon wieder unten gelandet. Weiter geht es rutschend runter über die halbhohe Mauer der Box neben dem Leiterwagen im Gang und zurück Richtung Leiter. Währenddessen schaut Hannes ihm nach.

„Traust dich wohl nicht, Angsthase! Mach schon!", ruft er ihm zu, „ich komme."

Nun begibt sich auch Hannes zögerlich auf den schmalen Weg. Nur nicht nach runter gucken. Dann lässt auch er sich geschickt in den Berg Heu fallen. Einen Augenblick später wirbelt Staub auf und schon sitzt Martin lachend neben ihm. Kaum angekommen, gleitet er vorbei und Hannes gleich hinter her. Schnell sind sie auf der Leiter und springend wieder unten.

In den Hemden und Hosen sammelt sich immer mehr Heu und ihre Gesichter werden immer dunkler. Als Hannes, der einiges schmächtiger ist, während einer kleine Pause zum Luft holen, nach unten blickt, entdeckt er Martin, der sich gekrümmt am Boden wälzt. Mit einigen Sätzen klettert Hannes die Leiter wieder runter und ist bei ihm. Der ringt röchelnd nach Luft und hält sich den Bauch. Durch das staubige Gesicht bahnen sich lautlose Tränen den Weg.

„Was hast du?", Hannes bekommt keine Antwort. „Sag schon, was ist los?"

Martin fehlt die Luft, er kann nicht reden. Schnell rennt Hannes über den kleinen Hof ins Haus zur Küche und holt ein Glas Wasser. Als er zurückkommt, hat Martin sich aufgerichtet und pustet schwer. Schnell greift er nach dem Glas und trinkt es in einem Zug fast leer. Hastig atmend bleibt er erst mal sitzen.

„Der blöde Wagen!"

„Was, ich verstehe nicht!"

„Ach, Mann", und nach einer kleinen Pause, immer noch nach Luft schnappend, „ich bin beim Rüber rutschen an der misst Stange vom Wagen hängen geblieben. - Sie hat sich direkt unter den Rippen in meinen Bauch gebohrt."

„Hier, trink noch einen Schluck." Hannes reicht ihm noch mal das kalte Wasser. „Geht es wieder besser?"

„Ja, ja", kommt die Antwort, „lass sehen, wie es bei euch sonst so aussieht."

„Was soll ich dir zeigen?"

„Hat dein Vater Werkzeug?"

„Klar, der kann alles reparieren."

Martin folgt noch nicht in voller Geschwindigkeit Hannes ins Haus. Die Treppe rauf nehmen sie aber schon wieder zwei Stufen auf einmal, so dass die ausgetretenen Dielen jedes Mal knarrend nachgeben. Hannes öffnet die einfache Brettertür mit der schwarz brünierten eisernen abgegriffenen runden Klinke des Schlosses, das kastenförmig auf dem Holz angebracht ist. Die nächste Treppe führt hoch zum Speicher, doch sie gehen den kurzen schmalen Gang an der Räucherkammer vorbei, deren brandiger Geruch ihnen in die Nasen schlägt. Verschlossen ist sie mit einer pechschwarz ölig gerußten Klappe. Eine weitere Tür dahinter führt in eine kleine Kammer. Das Fenster ist mit einer Gardine verhangen, die alles grünlich schimmern lässt.

Martin zieht heftig eine Schublade der gefurchten Werkbank auf. Schraubenzieher und Stechbeitel rollen mit Getöse durcheinander. Er bückt sich und öffnet erst die eine, dann die andere

Seitentür, Hammer und Nägel, Zangen und Feilen, Raspeln, alles wirbelt unter seinen Händen umher.

Seine Augen bleiben auf der Suche, bis sie an den Handbohrmaschinen verweilen.

„Hat dein Vater auch Bohrer dazu?"

Hannes überlegt, dann greift er zu einer Schachtel und nimmt einen recht dicken Holzbohrer heraus. Der ist nicht durchgehend gewunden, sondern hat eine kleine Spitze und wird gleich dick und sofort wieder dünner mit nur zwei angedrehten Windungen. Die geraden Schneiden vorne sind scharf wie Rasierklingen.

Martin nimmt Hannes den Bohrer aus der Hand, wendet ihn ein wenig hin und her.

„Wie geht das?"

Schnell dreht Hannes vorne am Futter der Maschine, damit die drei Spannbacken weit genug auseinandergehen. Dann steckt er den Bohrer hinein und wendet das Futter in Gegenrichtung wieder stramm zurück. Jetzt ist er fest eingespannt.

Als Martin das sieht, zieht er Hannes am Ärmel und schon sind beide auf dem Weg nach unten. Im gefliesten Flur klappern ihre Holzschuhe. An der Scheunentür machen sie halt. Daneben setzt Martin den Bohrer auf einer Latte an und versucht ihn zu bewegen.

„Du musst den Holzballen hier am Ende gegen die Schulter drücken und mit einer Hand in der Mitte am Griff drehen.", erklärt ihm Hannes.

Einen Moment später fallen die ersten Späne. Nachdem der Bohrer durch das Brett ist, ruckt Martin nach vorne. Erst das Bohrfutter, das gegen die Wand kommt, stoppt ihn. Doch gleich zieht er ihn wieder zurück, etwas hakelig, aber direkt daneben setzt er erneut an.

So entstehen vier Löcher. Beide legen ihre Köpfe gegen das Holz und werfen einäugig einen kreisenden Blick durch die Scheune. In den Lichtstrahlen, die durch kleine Ritzen zwischen den Dachpfannen dringen, tanzt der aufgewirbelte Staub. Die Bohrmaschine lassen sie dann achtlos liegen, denn Martin zieht es weiter.

„Wo ist denn euer Garten, habt ihr Obstbäume?", will er wissen.

„Klar, da hinten können wir raus."

Hannes hebt den Verriegelungshaken des Tores aus seiner Öse. Er baumelt in der Halterung noch eine Weile über das von ihm gefurchte Holz hin und her. Gleichzeitig zieht Hannes mit aller Kraft am Griff. Trotzdem setzen sich die Rollen oben in der Schiene nur ganz langsam in Bewegung. Seine Füße verlieren vor Anstrengung rutschend fast den Halt, bis das Tor sich endlich öffnet. Doch ein Spalt reicht und Martin quetscht sich hindurch. Gleich läuft er weiter bis hinten an den alten Zaun. Einige Latten sind unten oder oben abgegangen und hängen schief. Die flache Mauer bröckelt auch an vielen Stellen, Gräser und kleine Sträucher wachsen fast überall über sie hinweg. Dahinter ist ein Graben, in dem der Jordan dümpelt.

Martin dreht sich um und lässt den Blick durch den Garten schweifen. Links neben der Scheune scharren und gackern die Hühner.

„Wer bearbeitet denn den Gemüsegarten?", fragt forschend Martin.

„Mein Vater und ich, wer denn sonst.", antwortet Hannes, der Unkraut ziehen, harken, wässern, umgraben, pflanzen und Sträucher leer pflücken nicht gut leiden mag. Er drückt sich, wenn er kann.

„Pflaumen, Äpfel und Birnen, damit kenne ich mich aus. Ihr habt ja nicht mal einen Kirschbaum. Ah, der da drüben sieht doch ganz gut aus." Martin läuft durch die aufgehäuften Kartoffelreihen und springt dabei über die Büsche, der welkenden Pflanzen, bis er an einem Birnbaum anhält, dessen unterster Ast noch erreichbar scheint. Mit einem kleinen Satz hängt er daran, doch alle Versuche sich weiter hochzuziehen scheitern.

„Los, mach Räuberleiter!", verlangt er von Hannes, der inzwischen dazugekommen ist. Also lehnt Hannes sich mit dem Rücken gegen den Stamm, geht ein bisschen in die Knie und faltet die Hände, sodass Martin mit dem Fuß in die Kühle steigen kann. Dessen Hände finden Halt in der rauen Rinde. Langsam zieht er sich hoch, bis er den anderen Fuß auf die Schulter von Hannes stellen kann. Das Ganze wackelt gewaltig und beinahe verliert Hannes den Stand, aber Martin ist jetzt oben auf dem Ast.

„Pass bloß auf! Die Äste brechen leicht."

„Was glaubst du in wie vielen Bäumen ich schon geklettert bin?"

Prüfend sieht er sich um und dann steigt er weiter. Es knackt manchmal heftig, wenn das ganze Gewicht seines Körpers auf den nächsten Ast drückt.

„Prima Ausblick von hier", tönt Martin, doch in seine Worte hinein kracht krächzend knarrend der Ast, gegen den er sich mit beiden Händen stützt, ganz langsam nach vorne weg. Nicht wirklich schnell, aber Martins Gleichgewicht schwindet und so fängt er mit den Armen an zu rudern, die Beine werden wackelig, verzweifelnd suchend nach einem möglichen Griff. Nachdem für den Moment die Zeit still zu stehen schien, kippt er immer noch ganz gemütlich vorn über und rauscht durch den Blätterwald abwärts. Das alles verschlägt ihm die Sprache.

Zum Glück richtet ihn ein Ast, an dem er beim Fallen entlang schleift, wieder gerade und einen Moment später steht er kurz vor Hannes. Aber sofort zwingt ihn die Fahrt erst seitlich in die Knie, danach rollt er über die Schulter endgültig auf dem Boden, die Hände und Ellbogen als Bremse, es folgt das Gesicht. Ein paar Birnen tun es ihm gleich und landen neben und auf ihm.

Als der Sturz im Acker sein Ende findet, ist es kurz still. Dann aber muss Hannes lauthals auflachen und er kann nicht aufhören. Das sah einfach zu komisch aus. Er zeigt, sich den Bauch haltend, mit einem Arm nach oben und ringt nach Luft.

Martin setzt sich auf und streckt Hannes die Hand hin, dass der ihn hochzieht. Als er diese gegriffen hat, tut er einen kurzen Ruck und der lachende Hannes liegt neben ihm.

Noch eine ganze Weile wälzen sich die beiden am Boden und glucksen abwechselnd kichernd und wieder lauter lachend.

„Habt ihr irgendwo kleine Steine liegen?", fragt Martin.

„Was willst du denn damit?"

„Wirst du schon sehen", kommt es prompt zurück. Hannes überlegt.

„Ich glaube hinten hinter dem Zaun im Wasser liegen welche. Es gibt ein zwei lose Latten, da klettre ich durch, wenn ich über den Bach will. Ein Stück weiter hoch liegt auch ein starker Ast als Brücke über den Graben."

Martin läuft neben Hannes bis sie am Ziel sind. Der zieht die Stäbe vorsichtig ein wenig weg und schiebt sie dann zur Seite, so dass Martin mit einem Fuß voran seitlich sich durch die Lücke zwängen kann. Nur der Po schabt am Holz. Als er auf der anderen Seite steht, hilft er Hannes, der ihm genauso folgt. Sie blicken ins hohe Gras am Ufer, das den Graben hinab bis ins Wasser reicht, aber da ist nichts zu finden.

„Siehst du, unten am Rand im Wasser liegen ein paar."

Zum Glück ragen auch etwas größere Steine aus dem Jordan.

„Da kannst du den Fuß drauf stellen, gib mir eine Hand", fordert Martin Hannes auf und mit einem vorsichtig weiten Schritt steht der breitbeinig über dem dümpelnden Wasser.

Das Ganze ist nicht recht sicher, denn unter dem Schuh kippelt die kleine Insel hin und wieder zurück, je nachdem wie sie gerade das Gewicht von Hannes Fuß abbekommt.

Mit der freien Hand und nach vorn übergebeugt greift er ins Wasser. Schnell ist die Hand so voll gesammelt, dass keine weiteren hineinpassen. Als er sich aufrichten will, löst Martin den Griff nur ein bisschen, aber es reicht. Hannes Fuß rutscht weg und um nicht ganz abzugleiten, muss er endgültig loslassen. Da er noch nicht ganz aufgerichtet steht, schlenkert sein Oberkörper mit rudernden Armen vor und zurück. Die Anstrengungen jedoch sind vergebens, schon rutscht sein Fuß ab und versinkt kurz platschend knöcheltief im Wasser.

„Mann!", mehr kriegt er nicht raus.

Breit grinsend öffnet Martin die freigewordene Hand, „reich sie rüber. Wir können ein paar mehr gebrauchen, wo du schon mal da drinstehst."

Also beugt sich Hannes noch einmal vor und erledigt den Auftrag.

Kurz darauf ist er fertig und steigt zurück an Land.

Nachdem die beiden wieder durch den Zaun in den Garten geklettert sind, laufen sie zur Scheune. Der nasse Strumpf im Schuh quatscht bei jedem Schritt.

„Schau, die habe ich mitgebracht."

Martin hebt die Zwille auf, die er bei seiner Ankunft dicht an einen der etwa kniehohen Findlinge, die an jedem Torfosten stehen, gelehnt hat.

„Lass mal sehen", Hannes streckt die Hand aus, doch Martin, der die Steine in seinen Hosentaschen verteilt hat, greift einen raus, legt ihn in die Lasche und schon surrt das Geschoss Richtung Birnbaum ab. Allerdings streift der Stein nur ein paar Blätter. Sofort lädt Martin nach. Er zieht mit der rechten Hand die Lasche knapp neben sein Gesicht, so dass das Gummi fast zu reißen beginnt und hebt den Griff in der linken Hand mit ausgestrecktem Arm auf Augenhöhe. Mit einem zugekniffenen Auge zielt er auf den Stamm. Die Astgabel, von der Martin die Rinde geschält hat und an deren beiden oberen Enden er Rillen zum

Halt für das Gummi einritzte, zittert ein wenig in seinem Arm. Dann löst er noch einmal Daumen und Zeigefinger. Das Ergebnis ist diesmal auch nicht viel besser.

„Lass mich mal", bittet Hannes.

Aber schon saust der dritte Schuss los und mit einem lauten Klack landet er am Stamm.

„Geht doch, hier probier mal."

Hannes setzt an und der Stein fliegt in hohem Bogen über den Baum.

„Versuch noch mal. Du musst besser zielen und den Arm durchstrecken. Hast doch gerade gesehen, wie das geht", kommentiert Martin und reicht ihm den nächsten Stein. Diesmal fliegt er weit rechts vorbei. Hannes hat keine Übung im Umgang mit einer Zwille, das ist deutlich und Martin lässt es ihn vernehmlich spüren, „vielleicht solltest du auf die Scheune schießen?"

Auch der nächste Versuch endet kläglich zu früh auf dem Boden.

„Ach, das wird schon, reich rüber, wir suchen mal nach anderen Zielen, mir ist gerade ein klasse Einfall gekommen!"

Er macht sich auf seitlich Richtung Gemüsegarten und Hühnergehege.

„Das sollte genügen."

„Du willst doch nicht auf die Hühner schießen?"

„Die merken das doch gar nicht."

Schon saust wieder ein Stein los. Zu weit allerdings. An der Mauer zur Straße platzt ein kleines Stück von dem ohnehin löchrigen Putz der Ziegelsteinwand ab. Sie ist zum Glück hoch genug, dass niemand vom Weg das Treiben der Jungs beobachten kann.

„Ein paar haben wir ja noch, also auf ein Neues."

Das Geschoss bleibt im Geflecht des Drahtzaunes hängen und die Hühner scharren unbeeindruckt weiter.

„Ich muss mal in einem hohen Bogen schießen, so könnte das gehen."

Leicht zurückgelehnt als wollte er eine der vereinzelten Schäfchenwolken an dem warmen Herbsttag vom Himmel schießen, lässt er das Gummi zwischen den Fingern erneut los. Lange ist der Stein unterwegs.

„Mensch, der geht über die Mauer!"

„Ach, was, warte ab."

Kaum sind die Worte gesagt, gackern die Hühner wild auf und flügelschlagend rennen sie durcheinander, wohin ist ihnen egal.

„Ja! So habe ich mir das vorgestellt. Lass uns in den Hof gehen, die Hühner sind mir zu doof, ich weiß noch was Besseres."

„Was hast du denn jetzt schon wieder vor?", fragt Hannes auf dem Weg durch die Scheune.

Unterwegs über den Hof hält Martin kurz und blickt zurück.

„Da zwischen der Tür und dem großen Tor, die Klappe für die Kühe, sie steht auf und wenn du genau hinschaust, was siehst du?"

„Martin, du willst doch nicht auch noch auf unsere Kühe schießen?"

„Du bist aber ein Angsthase!" Die Kühe sind inzwischen aufgestanden und es guckt die Hälfte vom Rücken bis zum Bauch aus der Luke. „Wir gehen noch am Mist vorbei bis zur Hauswand. Das sind bald fünfzehn, zwanzig Meter und Kühe haben ein dickes Fell, daraus werden schließlich Schuhe gemacht, sagt mein Vater."

Martin fängt bei den letzten Schritten an in seinen Taschen zu kramen und legt die Steine auf die Handfläche, die ihm nicht gefallen lässt er achtlos klackernd auf das Kopfsteinpflaster gleiten. Dann legt er die kleine Schleuder an. Das erste Geschoss verschwindet geräuschlos durch den Spalt des Tores, den sie offengelassen haben, als sie aus dem Garten kamen.

„Na ja, langsam sollte ich aber in Form gekommen sein. Der sitzt, pass auf."

Mit dem dumpfen Hall vom Holz der Scheune landet der nächste jäh gebremst im Hof.

Der dritte fliegt genau richtig, ist aber zu hoch.

Doch noch einen Moment später wirft Luisa die Hinterbeine in die Luft. Sehen kann sie ja nicht, was da auf dem Hof vor sich geht, aber der Schmerz fährt ihr durch den Bauch, so dass sie heftig muhen muss.

„Ha, habe ich es nicht gesagt! Hier, jetzt bist du dran!"

„Nee, das mach ich nicht, hast du es nicht gesehen und gehört!"

„War doch klasse, du Memme, stell dich nicht so an", fordert Martin Hannes heraus.

„Auf keinen Fall und hör damit auf!"

„Mann, oh Mann, der kleine Schups am Hintern. Ist doch nichts passiert. Also gleich noch mal."

„Hör auf."

„Und wenn nicht?"

„Lass es einfach bleiben, sonst hole ich meinen Vater."

„Der ist gar nicht da."

Hannes weiß nicht weiter und indem er verstummt rasen auch schon wieder weitere Steine. Zum Glück ist Martin ein schlechter Schütze, einer trifft noch, die anderen enden mit einem dumpfen Plock am Holz der Scheune, dann sind endlich alle verbraucht.

In das Ende hinein läutet die Kirchturmglocke. Hannes zählt mit, vier, fünf, sechs.

„Martin, du gehst jetzt besser. Gleich kommt mein Vater und ich muss noch den Abwasch vom Frühstück machen und das Abendbrot vorbereiten."

„Was?"

„Das mache ich immer, Vater hat nicht so viel Zeit, er muss sich auch noch um den Garten und die Tiere kümmern, hab ich dir doch schon erklärt."

„Ich wollte sowieso gerade gehen, hier ist ja eh nichts los."

Ohne weitere Worte verschwindet er seitlich durch die Tür neben dem Tor der überdachten Torfahrt zur Gasse hin.

„Tschüss", murmelt Hannes noch und blickt ihm nur kurz hinterher.

Dann dreht er sich um und kommt durch die Diele ins Haus zur Küche hinein. Als Hannes die Klinke drückt und noch ganz in Gedanken hineingeht, bekommt er einen großen Schreck bis in den Bauch. Sein Vater steht an der Abwaschschüssel und taucht gerade die letzten Reste des Bestecks ins Wasser.

„Hallo Papa", mehr kriegt Hannes nicht raus.

Wie lange er wohl schon zu Haus ist, fragt er sich und ob er wohl was gesehen hat. So ein Mist, ihm ist immer noch ganz flau im Bauch, das Abendessen steht auch schon bereit.

„Setz dich Hannes, aber wasch dir die Hände und das Gesicht und klopf draußen den Staub aus dem Pullover und der Hose. Das war ein wilder Nachmittag, was. Hattest du Besuch?"

„Martin ist hier gewesen, hast du ihn nicht mehr gesehen?" tastet Hannes vorsichtig.

„Nein. Möchtest du Milch?"

„Lieber Wasser, ich hab einen riesen Durst", antwortet Hannes.

„Wenn ihr das nächste Mal an mein Werkzeug geht, räumt es wieder weg, sonst schließe ich die Tür ab, haben wir uns verstanden. Was habt ihr überhaupt damit gemacht?", will der Vater wissen.

„Martin wollte ihn nur ausprobieren, er kannte noch keinen Holzbohrer." Hoffentlich fragt er jetzt nicht noch, wo wir reingebohrt haben, denkt Hannes, als er antwortet.

„Nach dem Essen müssen wir noch ein bisschen Gartenarbeit erledigen, die Birnen sollten reif sein. Komm nach, wenn du alles zurück in die Speisekammer gebracht hast."

Der Rest des Abendbrotes geht schweigend vorüber. Als der Vater endlich gegangen ist, macht sich Hannes ans Werk. Auweia, durchfährt es ihn. Unter dem Baum liegen ja noch der Ast und einiges an Birnen. Das bringt das Fass sicher zum Überlaufen. Jetzt geht die Arbeit nur noch ganz langsam weiter. Bloß nicht zu schnell in den Garten.

Nach einigem hin und her, steht Hannes dann doch in der Nähe des Baumes.

„Komm die Leiter hoch und nimm mir den Eimer ab. Den schaffst du in die Küche, die Birnen kommen auf den Tisch."

Hannes legt los. Bald ist der Küchentisch bis zum Bersten mit Obst beladen. Nachdem die Leiter wieder an ihrem Platz hängt, sortieren die beiden schweigend das Obst. Das meiste wird in einer Kiste eingelagert, die angedrückten und leicht matschigen Früchte landen im Eimer für die Schweine.

„Schaff die Kiste morgen nach der Schule zur Oma, sie will die Birnen schälen und dann einkochen." „Na klar. Ich geh schlafen, gute Nacht!" Schon ist Hannes nach oben verschwunden, obwohl es eigentlich recht früh am Abend ist.

Nachdem er schon eine ganze Weile versucht hat einzuschlafen und sich von rechts nach links wälzt, hört Hannes seinen Vater auf der Treppe. Viele Momente schwirren ihm noch durch den Kopf, als die Tür aufgeht.

„Na, Hannes. Besser du erzählst gleich, was los war. Sonst klemmt es die ganze Zeit zwischen uns."

Indem der Vater spricht, setzt er sich auf die Bettkante und gibt Hannes seinen Gutenachtkuss. „Und es ist leichter, als wenn ich alles so nach und nach entdecke. Schlaf gut!"

„Du auch!", antwortet Hannes erleichtert.

Aber so einfach ist das nicht. Später traut er sich endlich auf die Toilette. Draußen angekommen, schiebt er den Riegel der Holztür zu, legt den Deckel beiseite und als er sich gesetzt hat, hält Ausschau nach seiner Stelle. Auf der rechten Seite, etwa in Brusthöhe schaut ein Splint aus der Bretterwand. Schon oft hat sich Hannes ausgemalt, wie neben ihm eine Tür aufginge, wenn er den kleinen Stift zurück in die Wand schöbe.

Ein langer Tunnel hinter dieser Tür führt ihn dann auf freies Feld. Dort steht sein Pferd. Aufgessen spürt er einen kurzen Augenblick später die Abfolge der Hufe. Schnell wie immer, finden sie, Max und er, ihren Rhythmus im Trommeln der Hufe. Eine vertraut fließende Bewegung, die im Takt wiederkehrende Momente von Schwerelosigkeit schenkt.

Sein blondes Haar zerteilt der Wind. Den leicht geöffneten Mund füllt die frische Luft und die Morgensonne sieht den verströmenden Atem beider.

Für sich ausdehnende Bruchteile über übersprungenen Büschen, Stämmen und Zäunen fliegen beide davon. Ganz sanft fast ohne Zug im hin und her führt Hannes die Zügel, drückt leicht die Schenkel und berührt nach vorn gebeugt mit dem Kinn fast die fliegende Mähne von Max. Der hat die Ohren zurückgelegt und jedes Mal streckt er den Kopf, wenn seine Beine nach vorne fliegen, soweit er kann voran.

Auf dem Kamm des Hügels angekommen, halten beide unverabredet an. Max steigt auf und dreht sich leicht zur Seite und sie schauen weit.

Den Kopf wendet er Hannes zu, so dass auf dem hellbraun glänzenden Fell die weiße Blesse seiner Stirn leuchtet und sich in seinen tiefbraunen Augen der ganze Triumph widerspiegelt.

Dann prustet Max durch seine Nüstern und nach links wendend schreiten beide im Schritt weiter mit schwenkendem Schweif Richtung Waldrand. Leicht abfallend unter ihnen erstre-

cken sich zu beiden Seiten noch nicht gemähte Wiesen mit kniehohen Gräsern, an deren Spitzen der Tau das Sonnenlicht glit-
zernd bricht. Dazwischen stehen Buschreihen und eine Allee mit
rund gekrönten Bäumen windet sich zum Wald hinauf.

Als sie dessen Rand erreichen, entdeckt Hannes Heidelbeer-
sträucher und seine Gedanken wandern zurück nach Haus.

Vom Bäcker kommend trägt er das runde Blech mit frischge-
backenem Heidelbeerkuchen wegen des großen Gewichts über
dem Kopf. Dabei spürt er immer intensiver seine sich erhitzen-
den Finger und indem er um die Ecke in die Gasse zu Omas Haus
biegt, will er nur noch seiner Haut Luft und Erleichterung verschaffen. Also drückt er das Kuchenblech vorne gegen die Hauswand des Nachbarn und geht ganz vorsichtig langsam ein wenig
zurück. Das gelingt ihm auch, bis er den Kopf hinter den Rand
zurückziehen will. Da hört er das Kuchenblech nach vorne aus
der Balance geratend über den rauen Putz kratzen und merkt
wie auch seine Hände nachgeben und schließlich ganz einkni-
cken. Einen Augenblick später quillt die Mischung aus Eischnee
und Heidelbeerbrei vom Hefeteig und gleitet über den abge-
kippten Blechrand rutschend den blassgelben Putz der Wand
entlang. Dabei färbt sie ihn leicht Lila bis zum Pflaster hinunter.
„Oh, nein, der Kuchen ist hin und die Wand erst!", rutscht es aus
ihm raus.

Zum Glück bemerkt Hannes mit dem einsetzenden Schreck,
wo er wirklich ist und dass ihm inzwischen beim Träumen auf
der Toilette die Beine eingeschlafen sind und welche Mühe es
ihm nun bereitet wieder aufzustehen. Später auf der Treppe verschwindet das Kribbeln wieder aus den Muskeln. Leise schließt
er die Tür seines Zimmers, mümmelt sich ins Federbett und versinkt ziemlich direkt in einen traumlosen Schlaf.

Die erste Begegnung

Es dauert eine Weile, bis Hannes augenscheinlich wach wird. Ganz langsam dämmert ihm, dass sein Vater, wie jeden Morgen, mit dem Besenstiel gegen die Zimmerdecke klopft. Das Aufstehen ist nicht wirklich seine Sache. Lieber dreht er sich noch mal zur Seite und genießt die wohlige Wärme der Bettdecke. Aber es hilft ja nichts, sein Vater kennt ihn und deswegen pocht er gleich noch mal. Ein bisschen Recken und Strecken, dann die müden Augen reiben, anziehen und runter zum Vater gehen. Schnell verschlingt Hannes eine Scheibe Brot mit Butter und Erdbeermarmelade. Denn bevor die Schule beginnt, hat er noch einiges zu tun. Nachdem er den Vater zum Abschied umarmt hat, geht er rüber zum Stall.

Dort stehen die Kühe, die er, wie jeden Morgen, füttern, dann melken muss.

Erst für jede einen Eimer Wasser von der Pumpe holen. Quietschend sprudelt und tröpfelt es, als Hannes den Schwengel rhythmisch rauf und mit Druck wieder nach unten bewegt. Jetzt ist auch Zeit für die Morgenwäsche, eine Handvoll Wasser hebt er sich, nach vorn gebeugt, ins Gesicht. Die Kälte lässt ihn schauern, zwei, drei Wasserladungen folgen und danach mit dem schweren blauschwarzen Leinenhandtuch noch trockenreiben.

Dann einige Gabeln Heu in die Tröge heben. Die beiden Kühe fangen sofort an zu fressen, und so rieselt ihnen immer wieder ein wenig Heu auf die Nase, das sie aber sofort mit ihren langen und beweglichen Zungen zwischen die Zähne ziehen und genüsslich zermahlen.

Hannes holt schnell den Melkschemel und schnallt sich den Gurt um den Bauch. Auf dem Einbein kippt er leicht nach vorne ganz nah an Luisa heran, nachdem er blechern, scheppernd den Edelstahleimer unter ihren Euter gestellt hat.

Doch als er mit beiden Händen nach ihren Zitzen greifen will, schiebt sich Luisa auf ihn zu, so dass er fast das Gleichgewicht verliert. Gerade noch kann er sich an der Wand hinter ihm abstützen.

„Komm, Luisa, komm", geht er sie energisch an und drückt dabei mit der angeschrammten Hand gegen ihren Bauch. Sie weicht zurück. Aber als Hannes wieder beginnen will, spürt er erneut ihr Fell und es gelingt ihm gerade so sich noch einmal abzufangen. Zwei, drei Mal wedelt er die Hand durch die Luft und pustet über die geschundene Haut.

„Mann!", fährt es aus ihm raus und voller Wut holt er aus.

„Jetzt weißt du, wie ich mich Gestern gefühlt habe."

Die leise, feste Stimme lässt Hannes stocken. Er dreht den Kopf und sieht in große ruhige Augen.

Hannes erstarrt vor Schreck und kaum hörbar murmelt er: „Was?"

„Jetzt weißt du, was ich Gestern gefühlt habe."

„Aber das geht doch gar nicht", brummelt Hannes mehr zu sich selber, als dass er antworten wollte oder könnte.

„Ich spüre heute noch die blauen Flecken von den Steinen gestern. Was fällt dir bloß ein? Meinst du, ich halte einfach so wieder still beim Melken?"

„Nein", stammelt Hannes zögerlich, „es tut mir leid, aber ich war, ich habe doch."

„Wer war der bei dir, den ich gehört habe, der es nicht lassen konnte?"

„Hätte ich es nur geahnt, Martin ist viel stärker als ich, ich konnte nichts tun."

„Kommt er noch mal, zeigst du ihn mir! Wenigsten weißt du, das Menschen Tiere nicht verletzend quälen dürfen. Und nun mach dich jetzt lieber an deine Arbeit, die Schule beginnt gleich", fällt ihm die feste Stimme ins Wort.

Einen Wimpernschlag später ist alles, wie es war. Luisa steht an ihrem Platz und jetzt hält sie still. Zwischen Traum und Wirklichkeit erledigt Hannes das Melken. Als er den dritten Eimer in die Milchkanne am Tor schüttet, hört er von der Kirche die Glockenschläge. Mist, er wird mal wieder zu spät kommen. Eilig macht er sich mit seinen Schulsachen auf den Weg. Gleich wache ich zum Glück auf. Mit diesem Gedanken, öffnet er die Klassenzimmertür.

„Fallobst! Fallobst! Fallobst!", dröhnt ihm der Chor der Freunde um Martin entgegen.

„Ruhe, Ruhe!", befiehlt der Lehrer, das „u" will gar nicht enden. „Und du, Hannes, in deine gewohnte Ecke, das Gesicht zur Wand."

Begleitet vom Gelächter in der Klasse und noch mehr verwirrt, stellt er sich dorthin.

„Pünktlichkeit ist die Höflichkeit der Könige und wer zu spät kommt Hannes, den", „erinnern wir", ergänzt die Klasse im Chor", in das Ende hinein ordnet der Lehrer an: „Alle anderen, Tafel raus und blitzsauber das Alphabet, erst kleine, dann große Buchstaben."

Langsam wird es still in der Klasse, nur ab und an quietscht ein Griffel über die Unterlage. Zur Kontrolle geht der Lehrer durch die Reihen, schaut auf die Schrift und zieht hier und da ein Ohr in die Länge. „Schwamm drüber und von vorne", ertönt dann sein Kommando.

„Du, Hannes, tauschst den Platz mit Dieter!"

Jetzt sitzt er in der letzten Bank. Vorne haben die Besten ihren Platz, sie dürfen im Winter den Kohleofen anzünden, vor allem im Schuppen Nachschub holen, die Karten aufhängen und ihr Lehrer sieht sie nicht.

Was nun folgt, weiß Hannes, bis zum Schulschluss wird er schreiben: Ich muss immer pünktlich sein, in der Schule und im Leben.

Wenn die Tafel voll ist, zeigt er sie und dann muss er sie wieder sauber wischen und von vorne beginnen. Jedes Mal wird er sich anhören dürfen: „Was Hänschen nicht lernt, lernt Hannes nimmer mehr!" Begleitet von dröhnendem Gelächter. Als die anderen endlich Pause haben, gehen die großen Jungs an Hannes vorbei: „Fallobst, Fallobst!"

In der Stille des Raumes begreift Hannes, was sie meinen. Sicher hat der aufgeblasene Martin mit vertauschten Rollen vom Vortag erzählt. Am liebsten zerbräche er den blöden Griffel und klatschte seine Tafel an die Wand.

Quälend schleicht die Zeit. Ab und an schaut Hannes nach seiner Hand, die noch ein wenig weh tut. Erst ein bisschen darüber lecken und leicht pusten, so verschafft er sich Linderung. Immer wieder hört er: „Was?" und sieht die dunklen ruhigen Augen von Luisa.

Dazwischen reift sein Plan und kurz bevor die Stunde zu Ende geht, greift er seine Tasche, reist in Windeseile den ersten und zweiten Flügel des Fensters auf, an dem er jetzt zum Glück sitzt und springt ins Freie. Sofort nachdem er die Landung abgefedert hat, rast er los ohne sich umzuschauen. Bedroht von den näherkommenden Schreien der wilden Horde, die ihn von der Schule her verfolgt, haut er endlich, gerade noch mal davongekommen, auf die Klinke und stößt gegen die Tür des Hofs seiner Oma, so dass die Glocke über ihr wild tanzend aufklingt und noch schrillt, nachdem Hannes sie wieder zugeworfen hat. Völlig außer Puste lässt er die Tasche fallen und stützt sich nach vorn übergebeugt mit den Händen auf seinen Oberschenkeln ab. Heftig ringt er mit offenem Mund nach Luft, sein Brustkorb geht wild vor und zurück, dabei fallen ein paar Tropfen Speichel auf das Kopfsteinpflaster. Seine Oma, die durch den Flur auf den Hof gekommen ist, schaut eine Weile, dann fragt sie: „Hallo Hannes, was ist mit dir?"

„Wir, wir, haben ein Wettrennen gemacht von der Schule zurück." „Und hast du gewonnen? Aber los, das Essen ist fertig, komm mit rein."

Am Tisch trinkt Hannes hastig ein Glas Wasser, während die Oma den Topf mit den Salzkartoffeln aus dem Kachelofen hebt und auf den Untersetzer stellt. Es folgen der Weißkohl und auf einem extra Teller die Scheibe durchwachsener Speck.

Als sie Hannes ansieht, stellt sie noch schnell die in Butter dazu. „Den Kohl kannst du auch weglassen, mach auf die Kartoffeln wenigstens ein bisschen Butter. Das magst du doch?"

Aus der offenen Salzschale, die bei jedem Essen bereitsteht, klemmt er eine Prise Körner zwischen Daumen und Zeigefinger und rieselt sie auf die bereits zerdrückten Kartoffeln.

„Wenigstens ein oder zwei Löffel Weißkohl!", wünscht seine Oma.

„Und betest du erst bitte noch."

Danach beginnen sie. Hannes stochert mit der Gabel in den matschigen Kartoffeln, halbiert, mit dem über Jahre schmal gewordenen Messer, ein Stück Fleisch und schiebt doch alles nur hin und her. Vom Schleifen am Wetzstein sind die Messer ständig dünner geworden, aber so werden sie vom Vater immer akkurat scharf erhalten. Auf ihren Schaft sind zwei schwarze, mittlerweile abgegriffene, Hornplatten mit drei Messingstiften genietet. Hannes betrachtet die lange Narbe an seinem linken Zeigefinger. Bei dem Versuch ein Glas mit eingekochter Leberwurst, mit einem dieser Messer zu öffnen, nachdem die Gummilasche abgerissen war, ist er zwischen Deckel und Glas abgerutscht, glatt über den Finger weg. Der stark blutende Schnitt brauchte lange um zu verheilen.

„Hast du gar keinen Hunger?", und mehr zu sich selbst fügt sie an: „Nur Haut und Knochen, wie sollst du da nur wachsen?"

Dann fängt sie an zu essen.

Alles dauert für Hannes quälend lang. Wie war es denn in der Schule? Wie immer. Hast du das Pausenbrot gegessen? Was habt ihr gelernt? Die gewohnten Fragen, die mit Routine beantwortet werden können.

Nachdem Hannes ein wenig Kartoffeln und Kohl gemeistert hat, möchte er nur noch entkommen. Endlich in den Kuhstall, endlich schauen, ob er nicht doch, wie so oft schon auf dem Klo, einen Tagtraum hatte. Doch so leicht soll das ausgerechnet heute nicht gelingen.

„Wenn wir gespült haben, möchte ich, dass du noch Kartoffeln mit mir im Keller entkeimst und danach können wir von den Birnen ein Glas probieren, die ich heute Morgen eingekocht habe. Du bekommst auch reichlich Saft", so wird von der Oma der weitere Fahrplan festgelegt.

Über die ausgetretenen Backsteinstufen der Treppe folgt Hannes seiner Oma in den für ihn seit je unheimlichen Keller. Der Boden ist gestampfter Lehm und die feucht kühle Luft verströmt ihren typischen seltsamen gleichbleibend modrigen Duft. In den Gewölbebögen und an den Regalen, in denen die eingemachten Kostbarkeiten stehen, hängen hier und da Spinnweben und durch die mit Leinensäcken verhangenen halbrunden Fenster kämpft sich ein Rest Tageslicht.

Die Oma fischt aus der Seitentasche ihrer allgegenwärtigen, stets getragenen Schürze ein abgegriffenes Taschentuch und tupft ihre Nase trocken. Dann greift sie zu den beiden geflochtenen braunen Weidenkörben und im Knien beginnt sie die Kartoffeln zu sortieren. Mit der Hand fährt sie über die runzlige Schale. Dabei fallen die Keime und die Reste Erde vom Acker von ihnen ab. Die matschig angefaulten gesellen sich ebenfalls zum Abfall.

Hannes hockt sich zu ihr und die beiden füllen wortlos stetig die Körbe. Seine Gedanken gehen zurück zur Ernte im letzten Herbst. Jedes Mal, wenn der Roder sie passierte, begann der

Wettstreit, wer zuerst alle weit verstreuten Kartoffeln eingesammelt hatte. Schnell in die Schwinge mit ihnen und dann zum Leiterwagen in der Mitte des Feldes, auf den sie purzelten, bevor der Roder, gezogen vom Pferdegespann des Nachbarn, die gehäufelte Erde der nächsten Reihe erneut anhob und die Drähte der Schleuder die Kartoffeln aus dem schweren Boden lösten und erneut verteilten. Manfred, sein Cousin und er lagen fast gleich auf und in den kurzen Pausen flog die eine oder andere Kartoffel vorbei an seinem Onkel und schräg über seine Oma hinweg zum anderen hin. Das ich ihn auf diese Distanz getroffen habe und auch noch an der Schläfe? Zum Glück war nichts Schlimmes geschehen und nach einer kurzen Pause konnte Manfred weiterarbeiten. Er hätte doch eigentlich genug Zeit gehabt, die heranfliegende Kartoffel zu sehen und ihr auszuweichen. Hannes schüttelt seinen Kopf. Als sie fertig geworden sind, nimmt seine Oma die Schwinge mit den Kartoffeln und er die mit dem leichteren Abfall. Der landet auf dem Mist im Hof.

„So, jetzt gönnen wir uns zum Nachtisch noch die Birnen, ein Glas ist beim Einkochen nicht richtig zu gegangen", ködert die Oma Hannes. Der drückt sich den Bauch und schaut etwas verlegen auf das Kopfsteinpflaster, „Ach, Oma, weißt du, mir ist noch ganz flau vom Essen, es grummelt so in meinem Bauch, ich krieg bestimmt nichts mehr rein." Denn er will endlich in den Stall zu Luisa. „Nicht mal ein winziges Stückchen und ein bisschen süßen Saft, den magst du doch so gerne?", hakt die Oma nach. „Lieber nicht."

„Na, dann. Hast du noch etwas für die Schule zu tun? Oder triffst du dich gleich mit Freunden?"

„Nein und nein. Kann ich jetzt gehen?", sagt er erleichtert als er sich abwendet und schon auf die zu Hoftür zugeht.

„Oh, fast hätte ich es vergessen, Hannes, dein Vater möchte, dass du zu ihm in die Schmiede kommst. Heute Nachmittag werden Wilhelm und Friedrich beschlagen."

Hannes reißt die Augen auf und er spürt wie sich seine Stirn in Falten legt. Nicht ausgerechnet heute! „Mann, oh, Mann, Mann!", rutscht es grummelnd aus ihm raus.

„Du weißt doch, er braucht deine Hilfe.", versucht die Oma ihn zu besänftigen.

Mit dem Klingeln der Glocke und einer zu heftig hinter ihm zufallenden Tür geht er los. Ein kleiner Umweg muss allerdings sein, sonst kommt er am Sportplatz vorbei. Da spielen die Jungs Fußball auf Tore ohne Netz und Resten von Rasen davor. Beobachtet werden sie von Seilchen springenden oder auf den Zaun gelehnten, Mädchen.

Aber hinten rum an den Gärten vorbei den kleinen Pfad entlang, geht es unbeobachtet und unentdeckt. Nur ein Stück Weg zurück, dann kann Hannes von der mit Kopfstein gepflasterten Allee, die zum Bahnhof führt, auf den kleinen Vorplatz der Schmiede mit ihren weiten dunkelblauen Torflügeln abbiegen. Begrenzt wird die Allee von wild wucherndem Gras, das unterbrochen ist von mächtig alt gewachsenen Bäumen mit knorriger Rinde und vom seitlich holprig verlaufenden Weg für Fußgänger.

Friedrich begrüßt ihn, indem er den Atem durch seine Nüstern prustet und leicht mit dem Kopf nickt. Wilhelm kaut derweil gelangweilt auf einem Heustiel, der ein gutes Stück aus dem Maul ragt. Beide sind schon abgespannt und stehen neben dem großen Hänger mit dem Kutschbock, an dem seitlich die gestreckte Peitsche in die Luft zeigt und über dem das schwere lederne Zaumzeug liegt. Die lange Lenkstange, an der die Pferde festgemacht werden, liegt leicht schräg zur Seite auf dem Boden.

„Endlich", begrüßt ihn auch sein Vater und nimmt Friedrich mit in die Schmiede. Der Kutscher hebt das linke hintere Bein des Kaltblüters, nachdem sein Vater die auf das Horn umgeschlagenen Nagelspitzen mit der Zange weggeknipst hat. Nun kann er die Nägel aus dem Horn ziehen und das Hufeisen, das nach innen mehr abgelaufen ist, abnehmen.

Hufnägel sind ganz besonders, flach und schmal mit einem ungewöhnlich großen Kopf, der wie die Zuckerdose von Omas guten Service aussieht. Hannes hat einmal einen ganzen Satz in den Baum rechts neben dem Tor gehauen, die meisten sind allerdings schon nach zwei, drei Schlägen jämmerlich krummgebogen.

„Hannes!", der Vater reißt ihn aus seinen Gedanken. Sofort pustet er dem dickleibigen Friedrich heftig ins Gesicht, denn der droht einzuschlafen und hat sich dabei schon mit seinem ganzen Gewicht bedrohlich zur Seite des Kutschers geneigt. Dann streicht Hannes wiederholt mit der flachen Hand das braune Fell am Hals hinunter. Die kleine Möhre, die Hannes aus seiner Tasche fischt, lotst Friedrich von der flach ausgestreckten Hand mit der Zunge zwischen seine Zähne, die den Leckerbissen genüsslich zermalmen.

Inzwischen ist das neue Eisen anprobiert und wird nun im angefachten Koksfeuer erhitzt und auf dem Amboss mit ein paar Schlägen in Form gebracht. Ein kurzer prüfender Blick, ein klingender Zwischenschlag auf die polierte Fläche und dann wieder einige auf das Hufeisen. Seitlich bröckelt die Schlacke vom Eisen in kleinen Stücken ab. Sie wird mit dem Hufeisen über den Rand geschoben und entfernt. Hannes mag die rhythmische Melodie, die der Hammer im Spiel zwischen Amboss und Hufeisen unter den Schlägen des Vaters zum Klingen bringt. Nachdem der Huf mit einem sehr scharfen abgewinkelten Beitel vorsichtig, ohne das Innere zu verletzen, ausgekratzt ist, folgt der eklige Teil. Sein Vater greift das heiße Eisen vorne an der halbrund hochstehenden Wölbung und brennt es auf den Huf. Friedrich verteilt die aufsteigende Wolke mit seinem Schweif und Hannes wird ein wenig übel von dem beißenden Gestank des verbrennenden Horns. Der Kutscher hat die Augen geschlossen und scheint die

Luft anzuhalten, aber loslassen darf er noch nicht, denn mit schnellen Schlägen dringen nun die neuen Nägel, die der Vater aus der Tasche der schweren Lederschürze zieht, durch das Horn und werden gleich mit zwei, drei Schlägen oben umgebogen. Zum Schluss muss nur noch das überstehende Horn mit einer Feile weggeraspelt werden.

Bald liegen die vier verbrauchten beim alten Eisen in der hinteren Ecke der Schmiede und Friedrich steht auf seinen neuen Schuhen, die am Ende auf beiden Seiten Sockel haben, gegen die Rutschgefahr. Während der Kutscher die beiden Pferde wieder anspannt, schreibt sein Vater mit Kreide die getane Arbeit auf die Abzugshaube über der Esse. Heute Abend überträgt er dann an seinem Platz in der guten Stube sorgsam mit gespitztem und immer wieder leicht angelecktem Bleistift alle getane Arbeit vom Tag in seine Rechnungskladde. Die geschwungenen Sütterlin Buchstaben, die die Spalten wie in einem gedruckten Buch füllen, beeindrucken Hannes immer aufs Neue, vor allem, wenn er sie mit der eigenen Handschrift vergleicht.

Oft schon hat er das Bild von der Hufbeschlags Prüfung bestaunt, das seitlich neben dem Platz des Vaters an der Wand hängt. Sitzend die Schmiede in der akkurat ausgerichteten vorderen Reihe mit Stolz verschränkten Armen und dem Skelett eines Pferdebeins auf dem Schoß. Dahinterstehend mit ebenso ernsten Blick die zweite Reihe. Rechts dann der Prüfer, im Anzug, grau melierter Kaiser Wilhelm Bart mit dem geschwungenen Schnäuzer, der nachts von einer Bartbinde in Form gebracht wird. Links steht sein Vater in einer Lederschürze und in den Händen hält er Hammer und Zange, die über den verschränkten Armen liegen. Daneben hängen der gerahmte Gesellen- und der Meisterbrief.

„Hannes, hinten auf der Werkbank gleich neben dem Schraubstock liegen drei Meißel. Die muss ich für den Maurer härten. Ausgezogen und geschärft habe ich sie schon. Bei einem habe ich den Bart geglättet, ihn aber stehen lassen, damit er leichter beim Schlagen treffen kann. Steck sie bitte ins Feuer." Nach einer Weile hebt sein Vater mit der Zange den mittleren vorne glühend aus dem Koks. „Der Stahl wird nur bis zur Mitte erhitzt und langsam abgeschreckt, denn sonst zerspringt der zu harte Schaft unter den Hammerschlägen, siehst du Hannes?" Vorsichtig taucht er den vorne gelbweißen Meißel ins Wasserbecken. Das fängt sofort an zu brodeln und Dampf steigt auf. Je weiter das Eisen ins Wasser gelangt, desto schneller verändert es seine Farbe. Über hellkirschrot hin zu purpurbraunrot wechselt es zu dunkelbraunrot. Der Vater zieht ihn heraus und das Violett verwandelt sich in einen kornblumenblauen schmalen Rand, der gemächlich bis zur Zange hochläuft. „Jetzt du, Hannes!", fordert sein Vater ihn auf. Hannes hebt den linken Meißel mit der Zange aus der Glut und zieht den anderen zurück, damit der Stahl nicht überhitzt und verbrennt. Als er ihn eintauchen will, hält der Vater ihn auf: „Nicht so schnell, sonst verhindert der Dampf um den Stahl, dass genug kaltes Wasser an ihn gelangt. Ja, genau so. Siehst du, wie schön das Blau hinaufläuft? Ich mach eben den dritten langen, dann muss ich sie Morgen nur noch nachschleifen und der Maurer kann sie abholen. Dann ist es auch genug für heute." Jetzt darf Hannes vom alten Eisen ein Stück einer ausgedienten Welle ins Feuer legen. Mit der langen Eisenzange, die er mit beiden Händen zudrücken muss, greift er das runde Stück Stahl und mit der flachen Schaufel, die neben dem Feuer liegt und eine Eisenkugel als Griff hat, bedeckt er sie vom Rand her mit Koks. Gleich ist Feierabend, deswegen bleiben seine Zange, die einiges kleiner ist und sein Hammer, die der Vater ihm vor ein paar Jahren zum Spielen und Üben schenkte, ungenutzt am alten Eisen an ihrem Platz.

Während die Welle erhitzt, stochert Hannes einen Schweißdraht, den er aus Köcher am Entwickler gezogen hat, in die be-

deckte Glut. Sprühende Funken ermahnen ihn, den Stab zurück-
zuziehen. Zum Glück hat die orange Kugel vorne am Draht gehalten. Rechts hängen der Wasserbehälter zum Härten und dahinter der flachgefüllte mit pechschwarzem Öl. Dahinein taucht
er den Stab und verfolgt das Blubbern der Blasen und die kleine
dunkel aufsteigende Rauchfahne. Er wiederholt das Ganze,
schwenkt aber diesmal den funkensprühenden Draht in großen
Kreisen über dem Amboss.

Die Oma erzählt schon mal gerne, wie sein Vater im Winter
den eingefrorenen Wasserbehälter am Entwickler, in dem aus
der Mischung von Karbid und Wasser das Schweißgas entsteht,
mit einer Lötlampe auftauen wollte. Kaputte durchgebrannte
Kochtöpfe sollten am Vormittag gelötet werden, deshalb die
überhastete und unbedachte Tat. Und wie glücklich sie war, dass
die Schmiede von der zu erwartenden Explosion des beim Auftauen schon gebildeten leichtentzündlichen Azetylen Gases im
Entwickler verschont geblieben war. Der alte Meister war noch
gerade rechtzeitig dazwischen gegangen und sie alle mussten
keinen Schaden erleiden.

Mit starker Hand unterbricht der Vater Hannes Spiel und
greift mit der Zange die Welle aus dem Feuer. Mit der anderen
schiebt er mit der Schaufel den Koks auseinander und piekt mit
einer spitzen Stange in die Glut, um den Schlacke Ring zwischen
dem Koks herauszufischen. Diesen lässt er abrutschend in den
Kasten neben der Esse gleiten und geht dann mit der Welle zu
dem fast bis oben mit wassergefüllten Eimer. Sofort beim Eintauchen der Welle kocht es heftig auf und eine Wolke Wasserdampf
steigt hoch. Im weiten Bogen landet das runde Eisen nach getaner Arbeit wieder an seinem Platz neben dem Schrott. Mit rauer
Sandseife waschen sie sich nun die Hände.

„Du fährst doch gleich noch runter zum Müller?", fragt der
Vater den Kutscher, der sich verabschiedet, als die beiden ihre
Hände trockenreiben. „Mhm", ertönt die Antwort. „Sagst du

ihm bitte, dass Hannes und ich heute Abend noch mit einem Sack Getreide vorbeikommen werden."

„Mach ich und vielen Dank für das Beschlagen. Schreib es auf die Rechnung." Damit geht der Kutscher zum Wagen und gleich darauf erklinget auf dem Pflaster das Klappern der Hufe und das Knirschen der Metallbänder um die schweren Wagenräder.

Während der Vater die Schmiede auskehrt und dann die Tore schließt, überlegt Hannes hin und her und sucht nach einem Grund, dass er nicht in die Mühle mitmuss, doch etwas Gutes will ihm einfach nicht einfallen.

Bevor beide auf den Weg abbiegen nimmt sein Vater die Schiebermütze vom Haken, die weiß, wo sie hingehört. Mit einer runden Armbewegung vom Bauch hoch schmiegt sich Mütze auf den Kopf und wird kurz in die Stirn gezogen und vom Nacken zurück an ihren Platz gerückt. Noch die Türe verschließen und schon folgen sie der Allee vorbei am Fußballplatz ins Dorf. Hinter dem Bäcker noch einmal links in die Schmiedegasse, neben dem Eckhaus am Ende wohnt die Oma.

Sie achten nicht auf die Glocke über der Tür und begrüßen die Großmutter. Auf dem Tisch duften schon die Bratkartoffeln in der schwarzen Pfanne, auch Brot und Schmalz stehen bereit. Dazu eine Kanne mit Pfefferminztee. Die Stängel mit den Blättern bleiben im Sud, den Hannes nur gesiebt und mit einem gut aufgehäuften Löffel Zucker mag.

„Friedrich wäre fast eingeschlafen und ist bald auf den Kutscher gekippt", berichtet sein Vater, „gut, dass Hannes da war!"

Nachdem er die Kartoffeln mit einer Prise Salz aus der Glasschale auf dem Tisch, zwischen Daumen und Zeigefinger reibend, nachgewürzt hat, legt er den Brotlaib in seine Armbeuge und schneidet mit einem längeren schmal geschliffenen Messer eine gewohnt gleichmäßig starke Scheibe ab. Nachdem er sie mit Griebenschmalz bestrichen hat, wird auch sie gründlich gesalzen und in großen Bissen verzehrt.

„Wir gehen gleich noch zum Müller. Kümmerst du dich bitte um die Schweine und Lotta und Luisa?", fragt sein Vater noch bevor er genüsslich in das Brot beißt.

„Mach ich nach dem Abwasch", antwortet Oma.

Gut gesättigt ziehen sie den Handwagen aus der Scheune und machen sich auf den Weg, der Sack Getreide liegt schon drin. Sein Vater hat aus der linken Schublade des Buffets eine Zigarre aus der Pappklappschachtel mitgenommen und sie mit dem Messer hinten vorsichtig angeschnitten. Beim Anzünden muss Hannes eine Weile den Wagen alleine ziehen. Dabei beugt er sich nach vorne und packt nun mit beiden Händen hinter dem Rücken zu.

„Komm, lass uns den Weg hinter dem Dorf vorbei nehmen. Ich möchte noch nach den Rüben schauen.", indem er das sagt, pustet sein Vater eine dicke Qualm Wolke vor sich her.

In der Abendsonne nimmt er ein paar Züge. Als sie dann vor den ordentlichen Reihen des Feldes stehen, lässt seinen Blick über das Grün gleiten. Für den Moment ist Luisa weit weg und gut gelaunt folgen sie dem Bach zur Mühle, die aber inzwischen mit Strom betrieben wird. Nachdem die leichte Kurve hinter ihnen liegt, fliegt der Stumpen im hohen Bogen in den Jordan und sie biegen ein.

„Guten Abend, Arbeit!", ruft sein Vater über den Hof. Doch nichts rührt sich. Also nehmen sie die fünf Stufen und suchen in der Wohnung. Noch einmal erklingt: „Abend, Arbeit!", „Ja, ja." Mit dem Brot in der Hand kommt der Müller im immer noch weiß bestaubten Blaumann in den Flur. „Für heute steht die Mühle still."

„Hat uns der Kutscher nicht angekündigt?", fragt der Vater.

„Der war gar nicht hier", antwortet der erstaunte Müller.

„Sicher brauchte er nach dem Rauch vom Beschlagen erst mal ein oder zwei Glas Bier im Gasthof. Das wird schon mal schnell mehr, zum Glück kennen die Pferde den Weg nach Haus. Sollen wir den Sack in den Hof unter das Vordach stellen. Morgen holen wir ihn dann ab."

Hannes schöpft Hoffnung.

„Ach, lass mal, das geht Ratz, Fatz." Den letzten Bissen kauend schultert der Müller den Sack und steigt die steile Holztreppe hinauf. Durch den gefräßigen Trichter rinnen die Körner in das Mühlwerk. „Ich mach nur eben den Sack unten fest und lege die Welle zurück an den Mühlrad Zahnkranz. Wenn ich rufe, schiebst du den langen Holzhebel nach hinten. Wir brauchen nicht mal Strom, endlich mal wieder gibt es genug Wasser für das alte Wasserrad.", erklärt der Müller. „Na, was denn weiter, das Mahlwerk habe ich oft genug geöffnet. Wir kommen dann nach.", erwidert der Vater. Nach einer Weile ertönt das: „Los!", des Müllers nach oben. Hannes Vater betätigt den Hebel und die Körner im weiten Holztrichter rinnen zwischen die Steine. Lange ausgeleierte Lederriemen treiben von der Welle aus die Siebe an und schieben sie vor und ziehen sie wieder zurück. Als das Wasser des Jordans endlich genug drückt, greifen ächzend mit einem gewaltigen Ruck die Zahnräder ineinander und die Kraft des Rades wird auf das Mühlwerk übertragen. Einen Moment später dröhnt und bebt die ganze Maschine und die großen flachen und leicht gerieften Steine zermalmen, was an Körnern zwischen sie gelangt.

Als Vater und Sohn die Treppe hinunter unten ankommen, rattern schon die unterschiedlich feinen Siebe übereinander hin und her und kleine weiße Wölkchen quellen rhythmisch dem Takt des Mahlwerks folgend durch die schmalen Ritzen der Verbindungskanäle zwischen ihnen in den Raum. Es duftet nach frischem Mehl, das die dunkle Treppe weißlich färbt. Die Siebe fangen die Hülsen und das zu grob gebliebene Korn auf. Die gesiebten Reste verfüttert der Müller gerne an sein Vieh, das deswegen augenscheinlich immer wohl gerät.

Unten füllt sich langsam der festgemachte Sack immer praller mit frischem Schrot. Hannes, mit den Gedanken bei Luisa, hört dem Gespräch der beiden Männer kaum zu. Keine Gelegenheit mehr zu ihr zu gelangen, denn es ist spät geworden, sicher muss er gleich ins Bett, wenn sie wieder nach Hause kommen.

Der Chachapoya

Noch vor dem Wecken ist Hannes schon lange wach. Auf dem Rücken liegend, mit geöffneten Augen zur Decke blickend, schmiedet er immer aufgeregter, verschiedenste Möglichkeiten abwägend, seinen Plan. Als der Vater ihn dann, wie jeden Tag mit dem Besenstiel gegen den Küchenbalken klopfend rufen will, hat er seine Entscheidung getroffen. Heute wird er wagen, was er bisher ab und an durchdachte, aber noch nie riskierte.

Schweigend treffen sie sich zu Tisch.

„Hast du Ärger in der Schule?", will sein Vater nach einer Weile wissen.

„Nö.", antwortet Hannes den Teller fest im Blick.

„Schreibt ihr heute eine Arbeit?"

„Nein."

„Bekommt ihr eine zurück?"

„Auch nicht."

„Gab es Krach mit Oma?"

„Nö."

„Ist etwas kaputtgegangen?"

„Nein."

„Solltest du mir noch etwas erzählen?"

Immer hastiger beißt Hannes möglichst große Bissen und schlingt sie runter.

„Ich muss schnell in den Stall zu Lotta und Luisa, sonst komme ich wieder zu spät in die Schule. Tschüss dann.", ist das einzige, was er gerade noch so im Aufstehen herausbringt.

„Hast du nicht etwas vergessen?" In die große Stille der schier unendlichen Pause fährt sein Vater fort, „lass mal, den Abwasch mach ich gleich, aber in den Arm nehmen möchte ich dich noch."

„Danke und auch dir einen guten Tag", wünscht Hannes dem Vater als er sich löst und die kleine Stube verlässt. Immer schneller werdend überquert er den Hof.

Als er hastig die Tür aufzieht, hört er ein trockenes: „Na!"

Hannes bleibt, im Stall angekommen, erstarrt stehen.

„Na! Hannes!", wiederholt die wohlklingend feste Stimme den Gruß.

Umherblickend sucht, doch findet er Luisa nicht.

Dann endlich! Auf dem Balken zum Gang, über den sein Blick schon zwei, drei Mal schweifte, sitzt ein kleiner grinsender Mann, kaum größer als er, die drahtigen Beine baumeln vor und zurück, die starken Arme und festen Hände stützen ihn. Seine Haut ist braungebrannt. Hannes kann seinen Blick nicht lösen. Er bleibt immer an den tief dunklen Augen unter der hohen Stirn und den drahtigen schwarzen Haaren haften, die seinem Blick achtsam standhalten. Dichte Augenbrauen, die gerade, etwas zu breite Nase und die vollen Lippen unterstreichen die große Ruhe und Gelassenheit der Gestalt. Hannes hat solch einen Menschen, wenn es denn einer ist, noch nie gesehen.

„Holst du mir aus der Rauchdose deines Vaters einen Qualmstift. Sie riechen fast so gut wie meine Pfeife, die ich schon so lange vermisse. Du findest mich, wenn du zurückkommst, draußen in der Morgensonne.", zerreißt die Bitte seine Eindrücke.

„Ich verstehe nicht."

„Dein Vater steckt sich die braunen Stäbe vorne glimmend in den Mund und dann duftet es ganz wunderbar."

„Ach, das meinst du."

Der Vater ist zum Glück schon weg zur Arbeit, als Hannes sich auf den Weg in die gute Stube macht. Er kennt die Schublade, in der die Zigarillos aufbewahrt sind. Auf seinen Entdeckungstouren durch das Haus fand er sie und darunter im Buffet begegnetem ihm die seltenen süßen Kostbarkeiten für besondere Anlässe.

Davon hat er hier und da schon mal unbemerkt eine Kleinigkeit abgezwackt. Ohne Bedenken folgt er nun der Bitte und nimmt aus der Pappschachtel einen Stumpen, wie sein Vater sie zu nennen pflegt.

Wieder auf dem Rückweg drängen langsam Fragen in ihm hoch.

„Und Feuer?", unterbricht seine schwirrenden Gedanken erneut.

„Wo ist Luisa?" „Was?", fragt Hannes.

„Zum Anzünden brauche ich Feuer."

„Ach so, warte bitte, hole ich dir auch."

In der Küche liegen Streichhölzer. Hannes nimmt die Dose und eilt zurück.

„Da, bitte.", sagt er und reicht sie dem Fremden.

Nachdem er den Duft des frischen Tabaks geprüft hat, indem er den Zigarillo bedächtig unter seiner recht flachen Nase vorbeischiebt, steckt er ihn etwas seitlich zwischen die schmalen Lippen und mit einem kurzen Schubs nach vorn entfacht er ein Streichholz, wartet bis der Schwefel verbrannt ist und dann zieht er zwei, drei Mal an der Flamme mit der Spitze des Zigarillos. Sein Gesicht wird dabei von bläulichem Dampf fast verhüllt. Zufrieden legt er den Kopf ein wenig zurück bis an die Wand der Scheune und tut einen weiteren langen Zug, dabei sagt er betont: „Hier!"

„Die kannst du behalten, wir haben noch genug Streichholzdosen im Haus."

„Hier! Du willst doch wissen, wo Luisa ist. Hier neben dir."

„Aber das geht doch gar nicht. Ich sehe Luisa auf jeden Fall nicht!"

„Doch!", „Ich bin Luisa."

„Was, wer bist du?"

„Chachapoya", erklingt die feierliche Antwort, nachdem er sich immer noch auf dem zersägten Baumstamm sitzend aufgerichtet hat.

„Chachawas?", versucht sich Hannes, der inzwischen neben ihm Platz genommen hat.

„Chachapoya! Ich und auch meine Gemeinschaft, mit der ich lebte, heißen so in Jaqi Aru, der Menschensprache. Ihr würdet in etwa sagen: Wolkenkrieger. Ich bevorzuge aber die Deutung Nebelmensch, wir lebten in und über den wallenden Wolken der Täler der Anden."

„Chachapoya", wiederholt Hannes diesmal richtig. „Hast du keinen eigenen Namen?"

„Das ist mein Name. Alle anderen tragen ihren Namen! Ich jedoch bin der Chachapoya!"

„Aber wo ist Luisa? Was hast du mit ihr gemacht?"

„Du glaubst mir nicht?"

„Nein, du bist ein Mensch und keine Kuh!"

„Nicht ganz, in meiner Gemeinschaft unter den Chachapoya wurde ich als Dingler, als ein Wesenwanderer geboren. Ich werde es dir zeigen, aber vorher genießen wir das Licht und die Wärme und nehmen noch ein paar Züge."

„Chachapoya?", „Wesenwanderer?", murmelt Hannes vor sich hin.

„Still jetzt!"

Nachdem Hannes ihn fragend eine ganze Zeit angeschaut hat, wendet er den Kopf und blickt wie sein Nachbar auf den Himmel über dem Gartenzaun in die Ferne. Ab und an schüttelt er leicht den Kopf.

Ganz und gar unvermittelt, von einem Moment auf den anderen, taucht urplötzlich Luisa in ihrer ganzen Fülle nicht weiter als eine Armlänge vor seinem Gesicht auf. Erschreckt ruckt Hannes seinen Kopf, aus den Gedanken gerissen, ein Stück zurück. Doch es nutzt nichts, schon streicht Luisas raue und feuchte Zunge genüsslich über seine Nase nach oben, ihre Augen funkeln dazu.

Mit dem Ärmel des linken Armes reibt Hannes sie, dabei das Gesicht verziehend, wieder trocken.

„Ich bin es!", tönt es Hannes entgegen.

Und als wenn dies nicht genug wäre, sitzt der Chachapoya fast augenblicklich wieder neben ihm.

„Was war denn das?"

„Dinglern!"

„Du kannst beides sein, Mensch und Kuh?"

„Ich kann in dem, was es ist, dies zu sein, anwesend, da und so sein."

„Ich verstehe aber überhaupt gar nichts, von dem, was du sagst!"

„Ich kann alles sein, was ist, dahin und zurück wandeln."

„Wie soll das denn bitte schön gehen?"

„Gut beobachten; sicher hineinfühlen; bloß nicht erschrecken; viel üben; es stark wollen und die Wandelung zulassen."

„Ein Kuhmensch", schmunzelt Hannes, „und wie alt bist du?"

„Jetzt verstehe ich nicht?"

„Ich bin zwölf Jahre alt und du?"

„Ich bin!"

„Wie meinst du das?"

„Ich wurde geboren und seitdem bin ich."

„Bist du schon lange bei uns?"

„Na ja, lange? So einige Kuh Leben schon."

Hannes beginnt sich zu erinnern. Sein Opa erzählte immer gerne von Agnes, die erstaunlich viel Milch gab und unglaublich alt wurde. Aber seine Lieblingsgeschichte war doch die vom Schlachter, dem Agnes, als ihre Zeit gekommen war, auf dem

Weg abhandenkam, als er sie vom Hof holte und der daraufhin den Opa übel beschimpfte, er hätte sie ihm bei einer kurzen Pause am Gasthof wieder vom Wagen geholt. „Zu tief ins Glas geschaut!", kommentierte Opa die Geschichte des Schlachters immer mit einem breiten Grinsen.

Und eine andere seltsame Begebenheit fiel ihm ein. Beim Weiden draußen am Graben verschwand Dörte. Als Vater etwa so alt war wie Hannes jetzt, hatte er sie an einem Pflock festgebunden und war in der Mittagssonne eingedöst. Alles Suchen half nicht, sie blieb verschwunden. Auch die anderen fanden sie nicht. Vater bezog deswegen eine heftige Tracht Prügel.

„Das tut mir leid."

„Vater fand es immer furchtbar ungerecht, er hatte Dörte doch wirklich gut festgemacht!"

„Dafür konnte er wahrlich nichts."

„Warst du Agnes und Dörte?"

„Was soll ich sagen."

„Warum immer Kühe und bei uns?"

„Ich bekomme reichlich Futter, der Stall ist sauber und warm, ich werde, bis vor kurzem jedenfalls, gut behandelt und ich habe auf dich gewartet!"

„Auf mich?"

„Puh, meine Worte für heute sind verbraucht, soviel habe ich schon lange nicht mehr geredet. Hörst du Lotte brüllen, sie muss gemolken werden, sonst platzt ihr der Euter und der Milchfahrer kommt auch gleich. Ich geh jetzt wieder in den Stall und du danach besser rüber zur Oma. Die Schule ist gleich zu Ende."

Hannes ist sich sicher, dass ihm gleich die Beine entsetzlich eingeschlafen sind, wenn er auf dem Klo sitzend, aus seinem Traum aufwachen wird.

Aber nichts dergleichen geschieht. So macht er sich auf und verrichtet seine Arbeit. Nachdem er die Milchkanne gerade noch rechtzeitig platzierte, schlendert er zur Oma.

„Hast du keine Schulsachen dabei?", fragt sie ihn gleich nach der Begrüßung. „Und bloß nicht rennen! Zieh die Schuhe aus und deine Filzpantoffeln an. Ich habe frisch gebohnert." Sie steht mit der Bohnerkeule in der Hand im Flur. Warum sie nur so oft den Boden nass wischt? Fragt sich Hannes zum wiederholten Mal. Bis er trocknet, gönnt sie sich immer ein halbes Brot und eine Tasse Tee. Dann trägt sie auf allen Vieren mit dem Lappen das Wachs aus der Dose auf und in der Pause verzehrt sie die andere Hälfte des Brotes. Poliert wird der Boden mit dem schweren Bohnerbesen bis er glänzt. Zum Glück hat der Stiel ein Kugelgelenk, so kommt sie mit der viereckigen, Hammerschlag lackierten, schweren gusseisernen Platte, an der der Lappen befestigt ist, in jede Ecke.

In die Pause hinein antwortet Hannes, „die Sachen durften wir heute in Schule lassen, keine Hausaufgaben."

„Gut, wir müssen nach dem Essen im Porree das Unkraut jäten."

Hannes nimmt sich alle Zeit. Dreht und wendet die Kartoffeln, schiebt sie durch die Soße von links nach rechts und wieder zurück. Ein kleiner Happen und seine Oma fordert ihn auf: "Iss doch, alles wird ganz kalt." Gartenarbeit ist nicht sein Ding und Unkraut jäten fast Höchststrafe, aber entkommen wird er nicht.

Zum Glück ist seine Oma heute nicht sehr gesprächig und so machen sie sich auf den Weg in den Garten und ans Werk.

„Nicht den Porree rausreißen, schau her, so sieht er aus, weißt du doch."

Eigentlich sind es nur drei, vier Meter auf eineinhalb Meter Breite, doch er kommt nur kriechend langsam wie eine Schnecke voran, zumal alles so dicht beieinander im festen Boden wächst.

Immer wieder kehren seine Gedanken zurück zu Luisa, die nur ein paar Meter entfernt im Stall steht. Zu zäh vergeht die Zeit, in der seine Oma vornüber gebeugt mit flinken Händen ihm jetzt entgegenarbeitet, nachdem sie ihr Feld fertig gestellt hat.

Hier und da schaut ein Regenwurm nach, was da geschehen ist. Nicht weit von ihnen sitzt ein Rotkelchen und beobachtet die beiden mit seinen schwarzen stecknadelkopfgroßen Augen. Ein gezielter Satz und es landet hinter der Oma, um mit der Beute im Schnabel vom gedeckten Tisch des frisch bearbeiteten Bodens sofort wieder abzudrehen.

„Immer, wenn ich den Kirschbaum sehe, muss ich an eine lange frostige Winternacht denken. Draußen lag bald ein Meter hoch der Schnee und es war klirrend kalt. Wir hatten schon viel Holz verstocht, wirklich warm wurde es aber nicht, so sind alle früh zu Bett gegangen. Ein dumpfer Knall schreckte mich zwar auf, aber ich sank zurück auf das Kopfkissen. Mein Vater zog mich aus dem Bett und brachte mich hustend nach draußen an die Luft. Das ganze Zimmer war mit Rauch gefüllt. Und zum Glück explodierte der Glasballon des Kirschweinansatzes mit ordentlich Getöse unten in der Stube und weckte alle auf. Vater schob das Bett beiseite und löste die Dielen. Den Balken, den der überhitzte Kamin angekohlt hatte, konnte er schnell mit Wasser löschen und das Stroh in der Deckenfüllung hatte zum Glück noch kein Feuer gefangen. Meine Mutter wischte die ganze Nacht den klebrigen roten Kirschwein von den Möbeln und die matschigen Früchte vom Boden. Ich stand lange unter dem Baum im Schnee, bis ich wieder Luft bekam und trug eine schwere Erkältung davon. Die Stube konnten wir erst Wochen später wieder weißen." „Da bist du ja gerade noch einmal davongekommen.", stellt Hannes fest, während die Oma sich wieder vor bückt und weiter gekonnt, geschickt das Unkraut aus der Erde zupft. Nach der Kaffeepause mit einem Streifen Zuckerkuchen und einer Tasse kalten Tee setzen sie die Plackerei fort.

Endlich läutet die Kirchturmuhr, fünf Schläge, jetzt sind es nur noch ein paar Halme und Büschel. Die erledigt die Oma gewohnt geschickt.

„Zeit zum Händewaschen und dann bereiten wir das Abendbrot vor."

Hannes holt aus dem langen vergilbt, weißen Holzregal in der Speisekammer die Schüssel mit den gekochten Kartoffeln. Er liebt das gedämpfte, gelbliche Licht und die von Geräuchertem brandig, erfüllte Luft. Zwiebeln hat die Oma in der Küche, aber Eier soll er auch noch mitbringen.

Bei der Gelegenheit zwackt er noch ein Stück von dem Zuckerkuchen ab, wischt sich über den Mund und kommt wieder durch den Flur in die Küche.

Eine zweite Pfanne wird auf dem Gasherd erhitzt. Das Stück Butter zerläuft schnell und bläht rasch braune Blasen auf. Die Oma schlägt ein Ei auf die Kante der Pfanne und zerteilt mit den Daumen die Schale über ihr. Sofort nachdem das Ei auf dem schwarzen Boden gelandet ist, wird das Klare weiß, nur bei einem weiteren verliert sich die Dotter auseinanderfließend. Alle anderen bleiben rund und satt gelb. Am Holzgriff zieht und schiebt die Oma die Pfanne kurz vor und zurück, damit nichts festklebt.

„Deck schon mal den Tisch", bittet Oma. In ihre Worte hinein klingelt die Türglocke und kündigt seinen Vater an.

Sie sitzen schon eine Weile zusammen und Vater erzählt von der Arbeit, die er gleich noch in seine Kladde übertragen wird. So eine zerkerbte Sense, wie heute, hat er schon lange nicht mehr gesehen. Das Dengeln mit dem kleinen Hammer hat unglaublich lange gebraucht, bis er sie endlich mit dem Wetzstein über das dünn ausgezogene Blech hin und herziehend wieder schärfen konnte.

Kaum ertönt erneut die Glocke, steht auch schon der Lehrer im Türrahmen der kleinen Stube.

„Hannes war heute nicht in der Schule!", stellt er ohne weiteren Gruß in den Raum.

Erstaunt schaut die Oma vom Lehrer weg auf Hannes und holt Luft. Aber noch bevor sie reden kann, dringt es in die gespannt kurze Stille: „Er hat mir in der Schmiede beim Beschlagen helfen müssen! Da muss er schon mal ran, dass schaff ich nicht allein, er bringt die Entschuldigung schon mit."

„Na, ja, ach so, hm, das soll aber nicht zu oft geschehen. Und morgen schreiben wir Rechnen, Hannes, nur, dass du schon mal vorbereitet bist. Euch einen guten Abend." Hinter sich die Türe zuziehend, verlässt der Lehrer zügig das Haus.

„Du gehst jetzt besser ins Bett, Hannes!", befiehlt der Vater sichtlich erregt.

Und so macht Hannes sich schnell auf den Weg aus dem Zimmer.

Immer wieder taucht der Lehrer vor Hannes Augen auf und er spürt ihn quälend drückend im Bauch. Auch noch Rechenarbeit, Morgen, Rechenarbeit klingt es in ihm nach. Und übel erwischt, gleich beim ersten Mal, aber Glück und Schutz vom Vater gehabt.

Unruhig wälzt er sich hin und her bis ihn endlich der Schlaf übermannt.

In der Schule

„So wortkarg heute Morgen?", unterbricht Luisa seine Arbeit, die er vor dem Unwetter in der Schule noch erledigen muss.

„Der Lehrer kam gestern bei uns rein, wir schreiben heute eine Rechenarbeit und wenn die schiefgeht, war das Jahr umsonst. Eigentlich wollte der Lehrer wohl sehen, wie ich eine ordentliche Abreibung bekomme, weil wir den Vormittag beieinander waren. Doch Vater hat mich beschützt."

„Deswegen drückst du so zu. Das muss nicht sein!"

„Entschuldigung, wollte ich nicht."

„Du bist gar nicht hier", unterbricht Luisa ihn, „aber mit verengtem Blick, erröteten Wangen und schwitzigen Händen wird es nicht besser."

„Du hast gut reden, ich kann dieses blöde Rechnen nicht, wozu das gut sein soll? Und Vater wird sicher auch noch mit mir reden."

„Erwartende Angst macht alles nur schlimmer! Dreh und wende es im Kopf nur solange, wie sie will, immer verknotet die Angst dich noch mehr. Aber wenn alles vorbei ist, wirst du trotzdem stehen. Mehr Milch ist im Übrigen sicher nicht da."

„Und ich muss mich auf den Weg machen."

Er nimmt den Eimer weg und gießt ihn vorsichtig in die Milchkanne. Als der gereinigt auf seinem Platz gestellt ist, gibt es kein Entkommen mehr.

Immer noch quälend drückt Hannes der Bauch, die Handflächen sind feucht. Sein Körper sagt ihm deutlich, wie aufgeregt er ist. Ohne Frühstück ist er in die Schule geschlichen und brütet jetzt hinten auf seinem Platz. Die Anspannung hat, bis auf wenige Ausnahmen, spürbar auch die anderen erfasst.

Nur Martin scheint unter den Jungen unbeeindruckt. Vor ihm sitzt Marianne mit ihren langen blonden Haaren. Sie sind zu zwei Zöpfen eng geflochten. Gebunden mit Schleifen aus bunten Schnüren lassen sie einen Rest Quast wilde Haare herausgucken. Als Marianne mit ihrem Stuhl nach hinten kippelt, ergreift Martin die Gelegenheit und angelt vorsichtig die beiden Stränge. Schnell taucht er die Enden der Haare unbemerkt in sein Tintenfass und lässt wieder los. Seine Nachbarn schmunzeln und kichern so still sie können mit halb offenen Mündern. Dann beugt Martin sich weit über seinen Tisch nach vorne und tippt ihr auf die rechte Schulter, doch ohne jede Reaktion. Also wiederholt er die Piekserei etwas heftiger. Beim dritten Anlauf wird Marianne endlich wütend und wendet so schnell den Kopf, dass die Zöpfe

fliegen. Martins Nachbar hat sich mit dem Stuhl, weise voraus-
ahnend, weit zurückgerückt und so fliegt der gut getränkte
Quast Haare an ihm vorbei nach vorne und streicht über Elses
linke Backe. Sie fährt augenblicklich mit der Hand über die
schwarz gestrichene, feuchte Haut. Die Tinte verteilt sich noch
richtig gut und so bekommt auch das Handinnere seinen Teil ab.

„Mist!", stöhnt sie in das schnell vom Gekicher und Gegacker
angedickte Klassenzimmer. Schleunigst unterbricht der Lehrer
das letzte Rätsel an der Tafel.

„Elschen, Elschen, dir nehme ich die Tinte besser wieder weg!
Dich kleines Ferkel kann der Pfarrer sicher noch nicht konfirmie-
ren. Kein bisschen reif für die Welt der Erwachsenen. Du
schreibst heute mit dem Griffel und bleibst nach Schulschluss
noch hier.", kommandiert er lauter werdend, begleitet von seinem andauernden Kopfschütteln. „Spiel nicht mit dem Schmud-
delkind, sing nicht seine Lieder, geh doch in die Oberstadt, mach
es wie deine Schwestern", skandieren singend die Jungs, den
Text des Liedes leicht abwandelnd, ihrem Lehrer zu Hilfe eilend.

„Schluss jetzt! Ihr anderen könnt", weiter kommt er nicht,
denn es klopft heftig an der Tür. „Fangt an!", mit diesen Worten
macht er sich auf und öffnet sie. Doch niemand ist zu sehen.
Auch nicht als er in den Flur tritt und zu beiden Seiten den Kopf
wendet. Allerdings saust eine fette Fliege zwischen dem Spalt an
seinem wohlgenährten Bauch hinter der akkurat geknöpften
Weste und der Zarge vorbei hindurch herein und dreht schwer
brummend zwei große Kreise im Raum. Hannes Blick folgt ihr
unweigerlich und er duckt sich leicht als sie ihn rasant passiert.
An der milchweiß eingetrübten Kugel der Lampe mitten im
Raum bleibt sie hängen und wandert ein wenig auf ihr hin und
her.

Hannes schreibt in die beginnende Stille die ersten Aufgaben
von der Tafel auf sein Blatt. Wie immer schreitet der Lehrer betont bedächtig erst durch den Mittelgang auf und ab, dann biegt

er unversehens hier oder dort in eine Reihe ein und blickt über die Schultern. Hannes wird in diesen Momenten heiß und kalt, die Gedanken erstarren und seine ohnehin geröteten Ohren spüren schon den einsetzenden Schmerz, wenn der Lehrer heftig daran ziehen wird.

„Schreib gefälligst ordentlich, wie soll ich deine Sauklaue bloß lesen! Leeres Blatt, hohle Birne! Ziehen wir mal ein, zwei Gedanken aus deinem Kopf."

Martin hat sich indessen gut vorbereitet. Immer wenn der Lehrer an seiner Reihe vorbeigegangen ist, kaut er schnell ein Stück Papier weich und dreht die weiche Masse schnell zwischen Daumen und Zeigefinger zu einer Kugel. Gestern war er am See und hat Schilf geschnitten. Ausgehöhlt dient es nun als Blasrohr. Treffsicher wie immer prallen die angesabberten Geschosse von den unterschiedlichsten Backen ab, oder landen in Haaren und kleben dort fest.

Der hat es gut. Sein Vater ist im Presbyterium und spielt mit dem Bürgermeister, dem Pfarrer, dem Lehrer und zwei weiteren Großbauern jeden Freitag Doppelkopf. Außerdem wird er sowieso den Hof übernehmen und mit Rechnen kommt er auch noch zügig zurecht.

„Tse, tse, tse."

Erschreckt sucht Hannes, aber findet die Ursache der merkwürdigen Laute nicht. Sein Nachbar, der sich gerade über die Stirn reibt, ist vertieft in die Arbeit.

„Tse, tse, tse!"

Nun ist die Fliege ihn endgültig ablenkend auch noch auf seinem Tisch neben dem Tintenfass gelandet. Vernehme ich jetzt schon laut meine eigenen Kommentare zu den vergeblichen Anstrengungen fragt sich Hannes.

Wieder abgehoben, steuert die Fliege nun auf seine Schulter zu und will sich setzten, doch Hannes wedelt mit der Hand, so dass sie weitere Kreise ziehen muss.

„Hannes, was machst du da bloß?" Undeutlich vermischen sich die Worte unter das Brummen.

„Ja, was mach ich hier bloß?", murmelt er kaum hörbar wiederholend.

„Erst malnehmen, dann zusammenziehen und Achtung, durch Summen kürzen nur die Dummen. Also zwölf, so schwer ist das nun wirklich nicht."

Das leuchtet ein.

Als der Lehrer mal wieder hinter ihm auftaucht und kritisch über seine Schulter schaut, sind die nächsten beiden Aufgaben auch schon gelöst.

„Du frecher Bengel, jetzt schreibst du auch nach ab! Los dort drüben in die leere Bank! Schluss damit!"

Eilig greift Hannes sein Blatt und wechselt den Platz.

Nachdem sich die Aufregung in der Klasse gelegt hat, fliegt die Fliege zu ihm rüber und verweilt einen Moment schwebend vor seinen Augen.

Fehlt nur noch, dass sie mir die Zunge rausstreckt. Aber immerhin, kein leeres Blatt mehr.

„Können wir jetzt weitermachen?", will das Summen wissen. Sein Ohr biegt sich von Last ihres Körpers fast ein bisschen von seinem Kopf weg, aber so nah, kann er sie natürlich besser hören und die beiden rechnen weiter.

„Ihr habt noch eine viertel Stunde, dann wird eingesammelt."

Martin steht auf und geht nach vorne. Auf das erhöhte Pult des Lehrers seitlich am Fenster legt er demonstrativ sein Blatt, dreht sich zur Klasse und verneigt sich.

„Fertig!", verkündet er seinen Triumph.

Es folgen drei Mädchen, allerdings verlassen sie einfach den Klassenraum.

Langsam wird es eng. Die schwierigste Rechnung ist wie gewohnt die letzte. Selbst die Fliege scheint ein Problem mit ihr zu haben, denn außer „tse, tse" und ein, zwei Runden um seinen Kopf, ist nichts von ihr zu hören.

„Harte Nuss, was?", flüstert Hannes.

„Ich hab es gleich. Ja so kann das gehen. Bin sofort wieder da."

Die dicke Fliege rast durch den Raum nach vorne zum Lehrerpult, knapp an Elses Kopf vorbei. Endlich erreicht, liegen die abgegebenen Arbeiten leider verkehrt herum.

Vielleicht hat Marianne die Lösung geschafft. Dort angekommen, schlägt das Mädchen heftig mit der flachen Hand nach der Fliege auf ihrem Tisch, doch sie ist zu langsam. Über das Blatt hinweg, schnell schauend, tritt sie den Rückflug an.

„Genau wie ich dachte, pass auf, so geht das."

Weiter kommt die Fliege allerdings nicht. Ganz unvermittelt saust das lange Lineal des Lehrers auf Hannes Schulter. Vor Schreck und Schmerz schreit er auf.

„Nun habe ich dieses fette Vieh!"

Aber in seinen Triumph hinein, erscheint aus dem Nichts ein kleiner, drahtiger, schwarzhaariger Mann vor seinen Augen, der sich mit beiden Händen den Hintern reibt. Fast übergangslos ist der Spuk auch schon wieder vorüber.

Allerdings brüllt jetzt der Lehrer los.

Eine handflächengroße, lang bebeinte und reich behaarte Spinne schaut ihm vom Tisch aus direkt in die Augen. Die Taster angriffslustig dem Lehrer entgegengestreckt. Als dieser sich aus der kurzen Erstarrung lösen kann, nimmt er Reißaus nach vorne Richtung Pult. Über den Stuhl erklimmt er die Tischplatte. Seltsame Laute vermischt mit dem Entsetzen der Kinder, die durch das Gebrüll auf das Tier aufmerksam werden, aufspringen und fluchtartig aus der Klasse stürmen, füllen nun den Raum.

Inzwischen klettert die Spinne, vorne angekommen, geschickt am Bein des Pultes hinauf. Zwei, drei Tritten weicht sie gedankenschnell aus, bevor sie über den blankpolierten Schuh unter den Stoff des Hosenbeins kriecht, nur um gleich darauf wieder den Rückzug über den Tisch auf den Boden anzutreten und dann durch die offen gelassene Klassentür zu verschwinden.

Hannes schaut regungslos zu, wie der Lehrer mit einem tiefen Seufzer in die Hocke geht und sich äußerst angestrengt vom Tisch müht. Auf dem Stuhl bleibt er blass geworden mit einem Arm nach hinten über der Lehne hängen.

„Hol den Doktor!", weist der Lehrer schleppend sprechend Hannes an.

Wie soll er dem nur Bescheid geben, schießt es Hannes durch den Kopf. Der Doktor wohnt und hat seine Praxis schließlich im Nachbarort.

„Los, Hannes, beweg dich endlich", und einiges verzögert fügt er matt hinzu, „ich kann hier nicht weg, meine Muskeln im Bein krampfen."

Im leergefegten Flur, nicht weit von der Tür, entspannt an die Wand gelehnt, findet Hannes die seltsame Spinne, so eine hat auch er trotz aller Gruselriesen im Keller noch nicht gesehen.

„Kannst du auch ein Pferd? Aber bitte keinen lahmen Kaltblüter.", spricht Hannes das Wesen trotzdem an.

„Kannst du denn überhaupt ohne Sattel und Zaumzeug reiten und kannst du eigentlich einen Hannoveraner besteigen?", erhält er zur Antwort.

Darüber hatte er noch gar nicht nachgedacht. Hannes wendet und holt aus dem Klassenzimmer einen Stuhl. Verwundert aber zu kraftlos schaut ihm der Lehrer hinterher.

„Warte, ich mach noch schnell die Eingangstür auf.", bittet er den braunen Hengst, der nun den Flur füllt. Neben dessen hohen Rücken platziert er postwendend den Stuhl. „Ganz schön rutschig hier oben, geh es bitte erst mal langsam."

„Na klar, Kopfeinziehen nicht vergessen."

Der Schulhof ist zum Glück ebenfalls leer, als Ross und Reiter ihn erst langsam dann schneller werdend überqueren.

„Du musst rechts den Hügel hoch, hinten hinaus, über die Felder, das ist der kürzeste Weg zum Doktor."

„Drück deine Beine fest gegen meinen Bauch, so findest du Halt, mich stört das nicht. Aber reiß nicht so an meiner Mähne."

Hannes findet immer besser sein Gleichgewicht, obwohl das Fell ziemlich glatt ist.

„Wir können jetzt flotter." Und zum Beweis drückt er fest seine Beine zusammen, um gleich wieder etwas nachzugeben. Der Hengst nimmt Fahrt auf und je intensiver Hannes die Stärke unter sich spürt, desto aufmerksamer wird er. Die Momente der Leichtigkeit, seine fliegenden Haare, die rhythmischen Klänge der Hufe, der nach vorn gespannte Hals des Hannoveraners, seine leuchtend fokussierten Augen, die vorbeiziehende Baumreihe und die vor ihnen liegende Hecke, nimmt er in sich auf.

„Gib gut acht!", wird er gerade rechtzeitig gewarnt.

Im selben Moment hebt das Paar über die dichten Sträucher hinweg ab. Nicht mal die hinteren Hufe berühren ein Blatt. Hannes ist jetzt intensivst mit dem Rücken des Tieres verbunden. Aber schon stürzt sein Magen wie ein Stein nach unten, nur um augenblicklich wieder nach oben befördert zu werden. Gerade eben noch bekommt er die Ohren des Hengstes zwischen die Finger und findet Halt.

„Heh, das kitzelt wie verrückt, nimm die Hände da weg!"

„Wenn du ohne mich weiterwillst. Das war knapp, puh, ist mir schlecht."

Das Schnauben und Wiehern klingen wie ein ausgedehntes Lachen.

So erreichen sie den Kamm des Hügels und zuerst taucht die Kirchturmspitze oben mit ihrem Kreuz auf. Dann die unterschiedlich geformten farbigen Dächer. Einige leuchtend oder schon verblassend rot, andere grau, dazwischen heben sich die schwarz gedeckten ab. Mächtige Kastanienbäume weisen den Weg ins Dorfinnere.

Das Basaltkopfsteinpflaster der Hauptstraße verändert den Klang der Hufe. In der beginnenden Mittagszeit ist zum Glück nicht viel los.

„Der Doktor wohnt gleich rechts am kleinen Marktplatz vor dem Kirchhof. Wir können dem Weg einfach folgen, er führt uns direkt zu ihm hin. Hoffentlich ist er nicht unterwegs in einem der anderen Dörfer."

Kurz vor dem Ziel bittet der Hengst Hannes: „Leg deine Arme um meinen Hals und schließe die Hände, wie bei einer guten Umarmung."

„Ach und sag dem Doktor, es ist nichts wirklich Bedrohliches, nur ein kleiner Kratzer mit den Beißklauen und eine Spur harmloses Gift. Die Krämpfe und die Benommenheit gehen in ein paar Tagen wieder vorbei. Er muss nur die Wunde sorgfältig säubern, damit keine Entzündung entsteht."

Kaum sind die Anweisungen beendet, bremst der Hengst recht abrupt. Hannes kann sich nicht halten. Ein Bein rutscht über den Rücken weg. Aber er dreht wegen der geschlossenen Arme nur einen viertel Kreis und landet sicher kurz nacheinander auf beiden Füßen den Blick auf das Hinterteil mit seinem erhobenen Schweif gerichtet. Bevor er sich löst, gibt er dem Hannoveraner einen dicken Kuss an den Hals.

„Fahr besser mit dem Doktor, ich komme schon nach Haus."

Hannes stürmt durch das offene Törchen den Kiesweg entlang zur Haustür, die er einfach aufreißt, ohne am geschwungenen Griff der Kette zur Glocke zu ziehen.

„Unser Lehrer braucht dringend Hilfe!", ruft er ins Haus hinein.

Hannes wiederholt und wiederholt noch einmal. Endlich geht eine Tür auf und der Doktor erscheint, die Serviette vom Mittagstisch steckt noch im Stehkragen seines Hemdes und breitet sich rautenförmig über den Bauch.

„Sie müssen kommen, unser Lehrer ist gebissen worden!", fordert Hannes ihn auf.

„Du bist doch der Hannes? Ist etwas mit deiner Oma? Die Besuche ich oft wegen ihrer Bronchitis. Dein Opa sagte immer: Wenn sie noch lange hustet, lebt sie noch lange, nicht?"

„Ja, nein, unser Lehrer ist gebissen worden und kann sich nicht mehr bewegen!"

„Wie, gebissen worden?"

„In unserer Klasse war plötzlich so ein Tier, es ist ihm bis auf den Schreibtisch gefolgt und hat ihn dann ins Bein gebissen."

„Was für ein Tier?"

„Das weiß ich nicht, aber machen sie nur schnell, er braucht dringend Hilfe."

„Na, dann komm."

Der Doktor nimmt die Autoschlüssel von dem kleinen Beistelltisch und die beiden verlassen das Haus. Hannes hat noch nie auf einem Ledersitz gesessen und in einem Auto schon gar nicht. Es ruckelt ordentlich als der Doktor losfährt. Schneller als ein Pferd ist es aber allemal, geht Hannes durch den Kopf.

„Also euer Lehrer ist gebissen worden?", forscht der Doktor.

„Aber nur von kleinen Beißklauen." Das mit dem Gift lässt Hannes lieber weg. „Die Wunde ist sicher indiziert." Was auch immer das bedeuten soll.

„Du meinst infiziert, verunreinigt? Das sind Wunden meistens, die von Tieren beigebrachten eigentlich immer. Wie sah es denn nun aus?"

„Oh, äh, es ging alles ziemlich flink! Graubraun würde ich sagen. Eine Menge Haare auf jeden Fall. Ungefähr so groß wie ihre Hand vielleicht, keine Ahnung, was es war. Reichlich Beine auch behaart und der Hauptkörper wie ein Ei unten allerdings flach. Kleine tiefschwarze Augen am Kopf, der wie eine Weintraube geformt war und zwei angewinkelte Arme nach vorne."

„Da hast du ziemlich genau hingesehen. Deine Beschreibung klingt wie aus einem der Reiseberichte in die Regenwälder Südamerikas. Dort leben Vogelspinnen, hier aber nicht. Ich kenne sie auch nur gezeichnet aus Büchern, spannende Lektüre. Da vorne, ist das die Schule?"

„Ja, sie müssen nur noch in den kleinen Weg hier einbiegen. Ich bringe sie ins Klassenzimmer."

Der Schulhof und das Gelände sind inzwischen angefüllt mit Erwachsenen, die gut bewaffnet mit Besen, Schaufeln und Mistgabeln das Schulgebäude und das Areal vorsichtig absuchen.

„Du bist also gebissen worden?", stellt der Doktor nüchtern fest, nachdem er endlich beim Lehrer angekommen ist. „Hannes hol bitte meine Tasche aus dem Auto, sie liegt im Kofferraum. Und du, lass mal sehen."

Davorstehend, wird Hannes klar, dass er keine Ahnung hat, was der Doktor meinen könnte. Vorne und hinten auf den Sitzen findet er die Tasche nicht, nachdem er alle Türen geöffnet hat.

„Wo soll sie sein?", fragt er zurückgekehrt, „ich finde sie nicht."

„Schwarz, im Kofferraum, hinten, du musst an dem glänzenden Griff drehen und den Deckel hochziehen."

„Und dann stand da also urplötzlich dieser kleine drahtige Mann vor dir! Den niemand sonst sehen konnte und schon war er wieder verschwunden. Soso.", hört Hannes beim Rausgehen.

Endlich fündig geworden, überreicht Hannes die längliche Ledertasche: „Hier bitte. Das ist sie doch?"

Der Doktor klappt sofort die beiden Messingklammern hoch und schiebt in der Mitte die beiden Druckknöpfe zusammen, so dass der Verschluss aufspringt und zieht sie dann mit beiden Händen auseinander.

„Danke, da haben wir das Fläschchen mit dem Desinfektionsmittel."

„Den habe ich mir aber sicher nicht eingebildet.", beharrt der Lehrer.

„Ich erkläre es dir gerne noch einmal! Ein plötzlicher Schrecken lässt uns wegen der einsetzenden Angst schon mal Dinge sehen, die gar nicht sind und dann wird eine kleine Ratte zum Urwaldungeheuer, dass Jagd auf dich macht.

Das brennt jetzt ein bisschen!" Nach einer kurzen Unterbrechung gibt der Doktor weitere Anweisungen: „Iss Nüsse und Äpfel und koch dir eine ordentliche Kanne Rosmarin Tee und trink viel Wasser. Morgen sehe ich noch mal nach dir. Die Wunde ist nicht rot geworden. Sie wird sich wohl nicht entzünden. Nur noch verbinden, dann bringe ich dich rüber in dein Haus und schicke die Jagdgesellschaft wieder nach Hause. Die Ratte ist sicher längst über alle Berge. Da hilft auch deine Flöte nicht." Sich umwendend gibt der Doktor weitere Anweisungen: „Und du Hannes wischst inzwischen die Tafel, machst hier Ordnung und sammelst die Blätter ein. Leg den Stapel einfach rüber ins Haus. Bis zu den Ferien wird wohl keine Schule mehr sein. Ich mach mich jetzt auf zu meinem kalten Kotelett."

Nach der langen Rede zieht der Doktor endlich die Serviette aus dem Kragen und geht zurück zum Wagen.

Hannes hat Mühe seine Freude zu verbergen. Als alles erledigt ist, kann er der Versuchung nicht widerstehen und schaut sich die Lösung der letzten Aufgabe bei Martin an. Gewusst wie, eigentlich ganz simpel. Hannes unterlässt es aber seine Arbeit zu ergänzen und geht heim.

„Na, ihr Rattenfänger von Hameln. Da war ja richtig was los in der Schule.", begrüßt ihn seine Oma, die das Geschehene aus dem sich rasant verbreitenden Lauffeuer schon kennt. „Wie geht es dem Doktor?"

„Wir haben ihn vom Essen abgehalten, er fand es eigentlich recht unnötig, wegen eines kleinen Bisses so einen Aufstand zu machen. Was hast du denn gekocht?"

„Pfannkuchen mit Zuckerrübensaft stehen schon auf dem Tisch. Beim Essen erzählst du mir noch mal alles ganz genau.", fordert die Oma Hannes eindringlich auf.

Durch die Nacht

Zäh schwindet die Zeit. Warten, zumal im Bett, keine leichte Angelegenheit für Hannes. Immer wieder schleichen sich die Gedanken in die unterschiedlichsten Richtungen davon und er muss sie mühsam wieder einfangen, sonst übermannt ihn der Schlaf. Sie sind doch verabredet, draußen hinter der Scheune, in die Nacht horchen wollen sie.

Steig vom Pferd, auch wenn der warme Abendwind sanft dich umschmeichelt, ruft er sich zur Räson. Endlich ist es soweit, sein Vater ist sicher eingeschlafen. Vorsichtig hebt Hannes seine dicke Federdecke und schlüpft seitlich aus dem Bett, in dem er angezogen lag. Bloß nicht ausversehen der Gewohnheit folgend in die Schuhe steigen. Die Türangeln sind gut geölt, jetzt heißt es nur noch die knarrenden Dielen und die ächzenden Stufen vermeiden und natürlich die Schublade so leise wie irgend möglich aufzuziehen, in die Dose greifen und ebenso vorsichtig beides wieder verschließen, damit der kleine Diebstahl unbemerkt bleibt.

Draußen, über den Hof zu kommen in der sternenklaren Nacht, ist dann ein leichtes. Hinter der Scheune knistert schon ein sorgsam aufgestapeltes Feuer. Die Scheite in der Runde brennen nur vorne in der roten Glut und geben keinen Qualm. Hier und da hebt sich ein kleiner Funke in die Höhe, bis er Augenblicke darauf aufsteigend verglimmt.

Der Chachapoya thront auf seinem Lieblingsplatz. Den Kopf an eines der Bretter der Scheunenwand gelehnt, scheint er die Sterne zählen zu wollen.

„Hast du eines mitgebracht?", will er von Hannes wissen.

Hannes öffnet die Hand, „wie gewünscht."

Mit der rechten greift Chachapoya zielsicher zu, mit der anderen Hand hebt er den langen Stock neben ihm aus der Glut. „Das ist schon der zweite und auch schon fast zu kurz geworden, aber er geht noch." Nachdem er den Stab gewendet hat, entfacht er mit der roten Spitze das braune Stäbchen zwischen den Lippen und entlässt eine wachsende Wolke in die angenehm warme, windlose Nacht. Jedes Mal aufs Neue ist Hannes fasziniert, wenn der Rauch, nachdem der Mund geschlossen ist, durch die Nasenlöcher sich trichterförmig ausbreitend nach unten dringt.

Hier und da zirpen Grillen, das einzige, dass neben dem vereinzelten Knacken der Scheite zu hören ist.

„Nur zwei Dinge können solch eine Nacht übertreffen! Also, warum sollten wir es nicht tun? Holst du mir bitte einen Emailbecher, eine Pfanne und einen kleinen Topf gut mit Wasser gefüllt, den wir ans Feuer stellen können. Ach und Zucker und bitte noch so ein Rauchstäbchen."

„Und?", fragt Hannes zurück.

„Zeit für ein heiliges Ritual. Ich habe fast vergessen, wie wohltuend es für die Seele ist, solange ist es her. Mach dich auf den Weg!"

Als Hannes wiederkommt, beugt sich Chachapoya in der Hocke über eine größere Metallkiste, an der hier und da die dunkle Farbe blättert und Reste des festen Mutterbodens kleben und deren kantiger Deckel zurückgeklappt ist. Um an sie zu gelangen, hat er den kleinen Steinhaufen an der Ecke der Scheune beiseite geräumt und sie darunter aus der Erde geborgen. Hannes entdeckt in ihr einige glitzernde Stellen. Doch Chachapoya reckt einen Lederbeutel mit dem rechten Arm in die Höhe.

„Öffne ihn und riech daran!"

„Uha, ziemlich muffig, oder."

„Ach, nur, weil du es nicht erkennst! Gib ihn mir zurück." Sanft lässt er aus dem Beutel einige fast halbkugelartige Brocken in die Pfanne kullern, die er in der linken Hand hält. Nachdem er den Beutel sorgfältig wieder mit seinem Band verschlossen und in der Kiste verstaut hat, nimmt er die Pfanne auf, geht zum Feuer und hält sie über der Glut. Die Brocken rollen wegen des leichten Schwenkens hin und her, dabei ändern sie die Farbe, bis sie von dunkelbraun fast schwärzlich anlaufen.

„Wenn du die Bohnen knacken hörst, sind sie perfekt geröstet.", belehrt er Hannes.

„Jetzt nur noch zerkleinern." In einer flachen doch recht dick gewandeten Steinschale zermalmt er sie vorsichtig und sehr geduldig mit einem Stößel.

„Viel besser oder, riech!"

Hannes saugt mit der Nase dicht über dem Rand einen kräftigen Zug und muss sofort vom aufsteigenden Staub mit seinem kräftigen Aroma nießen. Zum Glück kann er sich gerade noch seitlich abwenden.

„Langsam, die habe ich aus Arabien mitgebracht. Leider ist nur ein kleiner Rest geblieben. Gib mir den Becher." Er streicht achtsam das Pulver hinein. „So, nur noch das brodelnde Wasser vom Feuer darauf gießen. Nimm ein Tuch, sonst verbrennst du dir die Hand."

Gemächlich lässt Hannes die Flüssigkeit aus dem Topf als kleines Rinnsal in die Tasse fließen. Unter ein paar dunkelbraunen Schaumflocken, die sich am Saum bilden, färbt sich das kochende Wasser sofort pechschwarz.

„Stell den Topf zurück und wir setzen uns wieder. Ein wenig Geduld braucht es noch, damit der erste Aufguss stark wird, wie die Liebe. Nun ist Zeit, das zweite Stäbchen zu zünden."

Ziepend beäugt eine schlanke Spitzmaus die beiden schweigenden Sternengucker. Kurz entschlossen rast sie ganz dicht an der Wand durch den schmalen Schlitz unter dem Holzstapel durch, um gleich, nachdem sie wieder herausgeschossen kommt, hinter der Ecke zu verschwinden.

Indem Hannes dem Weg der Maus folgt, bemerkt er die seltsame Kette mit dem Amulett auf der Brust, das der Chachapoya zärtlich zwischen Daumen und Zeigefinger streichelt. Eine güldene Sonne erstrahlt im Schein des Feuers. Sie ist umrundet von breiten geschwungenen dreieckigen Strahlen und rechteckig gerahmten einfach ausgehölten Augen, mit einem breiten, weit geöffneten ebenfalls umbördelten Mund. Die viel zu breite Nase dagegen wirkt recht klobig.

Währenddessen nippt und zieht der Chachapoya mit geschlossenen Augen im Wechsel an der Tasse und dem Stäbchen.

„Oh, hier hat die Spitzmaus ihren Weg, dachte ich es mir. Nimm, jetzt kannst du schmecken."

„Bitter und krümelig!", bemerkt Hannes, nicht wirklich die Begeisterung des Chachapoys teilend, nach einer kleinen Kostprobe.

„Dann wird es Zeit für den zweiten Aufguss, süß wie das Leben, soll er werden. Hast du an den Zucker gedacht?"

Gut verrührt müssen die beiden sich gedulden, bis die Sterne wieder ruhend aufgehört haben spiegelnd auf der Oberfläche im Becher zu tanzen.

„Viel besser!", kommentiert Hannes das Ergebnis. Schnell folgen ein zweiter, und sofort darauf ein weiterer Schluck.

„Langsam, der Kaffee läuft dir nicht weg! Und der dritte Aufguss wird dünn und bitter wie der Tod werden."

„Lassen wir ihn lieber aus!"

„Recht hast du, gönnen wir uns die kleine Verschwendung in dieser Nacht."

„Das andere ist?", will Hannes endlich und eigentlich schon seit seiner Rückkehr ungeduldig wissen. Sicher ist es verbunden mit dem Medaillon. All seinen Mut zusammennehmend fährt er fort: „Hat es mit der Sonne auf deiner Brust zu tun?"

„Lass mich noch zwei Sternschnuppen lang verweilen, dann erzähle ich dir von ihr."

Tief schwarz, groß und weit gewölbt ist der Himmel über ihnen. Wo soll Hannes seinen Blick hinwenden? Drüben steht der große Wagen, eines der wenigen Sternbilder, die er kennt. Unwillkürlich verbindet er einzeln zusammenstehende Lichter zu Linien, in der imposanten Menge der chaotisch angeordneten Punkte, so dass Drei- oder Vierecke, Rhomben und anderen Formen entstehen. Ihre Zahl scheint bei längerer Betrachtung stetig zu steigen. Aber alles ist fest, nichts rührt sich am Himmel.

„Wende den Blick, Hannes, sie ziehen auf der anderen Seite entlang.", empfiehlt ihm der Chachapoya.

Kaum hat Hannes begonnen, dort die regellosen Körper zu ordnen, schießt unvermittelt aus dem Nichts eine lautlos aufstrahlende Gerade schräg auf den Horizont hinunter. Bevor sie ihr Ziel erreichen kann, schwindet sie aber in Bruchteilen wieder ins Dunkel dahin.

„Hast du sie gesehen?", fragt Hannes aufgeregt und ziemlich laut.

„Warte, wende nicht den Blick ab und schau! Gleich wird es werden wie Regen."

Immer wieder lösen sich jetzt kreuz und quer strahlende Spuren vom Himmel ab. Bei den richtig Großen, die an der Spitze eine sprühende Kugel zu haben scheinen und den Eindruck erwecken, dass sie einen Schlitz in den finsteren Mantel reißen, glaubt Hannes ein kaum merkliches Zischen hören zu können.

Länger als die zwei verabredeten Sternschnuppen verfolgen die beiden dem nicht endend wollenden Spektakel.

„Woher wusstest du das?", bricht Hannes die Stille.

„Ich genieße, so oft ich kann, die Ruhe und den Frieden der Nacht, gefolgt vom zart sanften Licht der heraufziehenden Dämmerung in ihrem schweren Blau, das die Lichter verschlingt, bis nur der eine Stern noch bleibt. Die Vögel beginnen ihre streitenden Lieder und der Tag erwacht mit der aufziehenden Sonne in ständig variierenden gelb, orangen und roten Tönen. Oft habe ich zu Hause in den Bergen auf meinem Stein ausgeharrt, manchmal waren die Sterne so nah, dass ich sie fast greifen konnte und habe auf diesen Moment gewartet. Aber, nun ja, nicht nur darauf.

Denn eines Morgens, als die Sonne sich erhob und den Kämmen der Berge einen scharf leuchtenden Grad verlieh, kam sie den Weg der Sonne in ihrem Schein vermischt herauf. In ihrem weißen Leinenkleid schritt sie gelassen auf mich zu. Erst vor kurzem zur Aclla geweiht, war sie unterwegs zu ihren Pflichten. Das schwarze Haar ebenso bekränzt von der hineinscheinenden Kraft der Sonne, blieb mir ihr Gesicht verborgen, bis sie seitlich hinter meinem Stein an der Gabelung die linke Seite wählte. Gewaltige Augen und ein betörendes Lächeln, auf ihrer Brust dieses Amulett hier. Doch sogleich verschwand sie auch schon wieder dicht hinter mir. Nur ihr betörender Duft blieb noch Momente lang verblassend zurück."

„Was ist eine Aclla?", unterbricht Hannes.

„Zwischen den großen glattgeschnittenen und doppelt mannshoch aufgeschichteten Quadern, die den Weg begrenzen, ist der Pfad recht schmal und so musste sie jeden folgenden Tag nahe an mir vorbei und immer wählte sie die linke Seite. Entschuldige, hast du etwas gesagt?"

„Was ist eine Aclla?"

„Eine Sonnenfrau! Unberührbar bei uns Wolkenmenschen, den Chachapoya.

Sonst waren wir ein freizügiges Volk. Alles kann, nichts muss, nur eine Aclla war eben Tabu! Aber ich konnte nicht von ihr lassen und sie nicht von ihrem Lächeln."

Auf einem Baum weiter hinten im Garten beginnt ein Rabe krächzend sein Revier zu behaupten und der erwachende Morgen gibt erste Konturen frei.

Hannes bricht das Schweigen nicht, auch wenn sich in ihm eine Frage auf die andere türmt.

„Seit ich sie in Kuelap das letzte Mal sah, habe ich nicht mehr von ihr erzählt, sie kaum in meine Gedanken gelassen."

Ein unglaublicher Schrei, vermengter Töne des Schmerzes, der Wut und tiefer Ohnmacht, erschüttert nicht endend wollend die heraufziehende Dämmerung.

So durchdringend, dass es fast in den Ohren schmerzt und doch auch so gewaltig, dass er Hannes mitreißt und auch er seine Trauer hinausschreit bis ihm der Hals brennt.

Nachdem endlich ein weiter Schleier der Stille, die nicht einmal ein Vogel zu brechen wagt, über dem Garten liegt, traut sich Hannes endlich den Kopf zu wenden und sieht die lautlos gleitend feuchte Tränenspur Spur, die sich auf der Wange des Chachapoya wie ein mäandernder Fluss den Weg bahnt.

„Heute nicht mehr. Lass uns aufräumen, bevor der Horizont sich rötet. Dein Vater steht sicher bald auf und dann ist Zeit zum Frühstück."

Als alles beendet ist, schleicht Hannes vorsichtig ins Haus. Diesmal gelingt es nicht lautlos. Zwei Stufen knarren, alter Gewohnheit folgend beim Betreten und stöhnen erleichtert beim Lösen noch einmal nach.

„Seit wann bist du denn schon auf?"

Mit den entgegenkommenden Worten des Vaters zieht sich der Nacken ein kleines letztmögliches Stück zwischen die Schulter und die weit aufgerissenen Augen schieben die Brauen an ihre oberste Grenze.

„Ich konnte nicht schlafen und nach allem hin- und hergewälze im Bett dachte ich, dann steh lieber auf. Hoffentlich habe ich dich nicht geweckt."

Und nach einer kurzen Pause fügt Hannes an: „Was für ein grandioser Sternenhimmel! Manche schienen mir zu zuzwinkern und dann zerriss eine Sternschnuppe den Himmel. Es war unfassbar. Unglaublich strahlend hell und erst kurz vor dem vermeintlichen Aufprall erlosch ihr Licht."

„Und hast du dir etwas gewünscht?"

„Das darf ich doch nicht verraten, sonst geht es ja nicht in Erfüllung."

„Ach ja! Hast du Hunger? Du siehst ziemlich müde aus nach der kurzen Nacht. Zum Glück fällt ja die Schule aus."

„Nein, ich brauch keinen weiteren Schlaf, ich gehe gleich rüber zur Oma."

Drüben angekommen, hebt sie gerade in der Krude die Kartoffeln aus dem Dämpfer. Jeden Tag ganz schön viel Gewicht, das sie zu bewältigen hat, findet Hannes. Nachdem die Pellkartoffeln grob zerkleinert sind, gibt sie mit der halbrunden Holzschaufel aus dem Sack noch Schrot dazu und vermischt alles in einem Eimer mit Wasser.

„Ich trag ihn dir in den Stall."

„Guten Morgen Hannes, ich habe dich gar nicht bemerkt. Schön, dass du da bist." Im Stall gießt er das Futter in die glasierten Ton Tröge. Die beiden Schweine grunzen schon vorfreudig seit die Stalltür geöffnet wurde. Sofort tauchen sie, die Nase voran, in die Mahlzeit und schmatzen ordentlich.

„Bis sie fertig sind, können wir die Zuckerrüben hexeln. Der Saft geht zur Neige. Das Feuer im Herd habe ich schon angezündet und die Rüben bereitgelegt. Drehst du, ich fülle sie ein.", bittet seine Oma, als sie wieder in die Krude kommen. Der schwere Geruch von den Kartoffeln, Schalen und erhitzter Erde liegt noch in der Luft. Hannes wird immer ein bisschen schlecht. Bald tanzen und hüpfen die Späne der Rüben in der Trommel, bis sie vorne heraus in die Schwinge fallen.

„Im Topf in der Küche auf dem Herd kocht das Wasser bestimmt schon. Schütte sie dort hinein und dann lassen wir die Schweine auf den Hof. Ich will den Stall heute schon ausmisten, weil ich Samstag bei der Hochzeit helfen soll." Zurückkommend durch die Flur Tür wird Hannes fast von dem riesen Schwein umgelaufen. Die beiden Säue genießen ihre Freiheit und schnüffeln geräuschvoll an allem, ob es sich wohl um etwas Essbares handelt.

„Fang schon an. Ich schmeiß den Hühnern noch die paar alten Brotscheiben hin und sammle die Eier ein.", bittet die Oma. Im Gang des Stalls greift Hannes nach der Gabel und durch die Tür geht er bis zur Wand. Dort sticht er sie unter den Mist und schiebt ihn über den Ziegelsteinboden zusammen nach vorne. Bis zur Hüfte angehoben trägt er die gefüllte Gabel zum Haufen im Hof, der ziemlich voll ist, aber bald kommt er auf die Felder. Einige Male muss Hannes gehen, bis der Boden freigelegt ist. Mit dem Besen kehrt er die feuchten Reste zusammen und schiebt sie auf die Schaufel. Seine Oma, die inzwischen in der Küche die Späne durchgerührt hat, säubert derweil mit Stroh die Futtertröge. Durch die Luke in der Decke, die er aufgeklappt hat, lässt Hannes einen Ballen Stroh in den Gang fallen. Das ist jedes Mal der schönste Teil der Arbeit. Unten angekommen verteilen sie das Stroh bis in jede Ecke. Nun folgt der schwerste Akt. Hannes und seine Oma nehmen Besen und Gabel quer vor den Bauch und von der Wand zur Straße her treiben sie die beiden Schweine zurück in den Stall. Eins geht von sich aus los, das andere entkommt quiekend immer wieder. Aber endlich können sie die Tür schließen. Beide Schweine schnüffeln im frischen Stroh, schieben es hier und dorthin und legen sich schließlich hinein.

„Hannes, möchtest du ein Stück Rührkuchen? Wir haben uns die Pause redlich verdient." Am Tisch in der kleinen Stube sitzen sie über Eck am Tisch. Ein Glas Milch und leckeren Kuchen, was kann es besseres geben. Hannes sieht seiner Oma gerne zu, wenn sie den Teig zubereitet. Die blaue Tonschüssel auf der Schürze über ihrem Schoss im Arm, rührt sie mit dem Holzquirl die Butter, bis sie schaumig wird. Dann gibt sie die Eier und den Zucker dazu. Immer weiter und weiter dreht sie die Masse und füllt am

Ende den gelben Teig mit Mehl und einer Prise Hirschhornsalz auf. Manchmal kommt ein Schuss selbst gemachter Eierlikör dazu, wenn sie welchen da hat.

„Lecker!"

„Nimm dir noch ein Stück. Wenn er frisch ist, schmeckt er besonders gut. Ich schau nach den Rüben. Bring bitte die Teller und dein Glas mit, wenn du fertig bist." In der Küche schaut seine Oma in den großen Topf, dessen schweren Deckel sie in der Hand hält. Mit der anderen angelt sie mit einem Holzlöffel ein paar Streifen der Zuckerrübe aus ihm heraus.

„Ich glaube, sie sind gut genug ausgekocht. Dort habe ich ein Tuch bereitgelegt, greif den linken Henkel, wenn ich den Deckel einen Spalt zurückgeschoben habe. Ich nehme den rechten. Drück gut darauf und lass den Schlitz nicht zu weit werden, dass beim Abgießen nur die Flüssigkeit unten in den Topf fließt." Beide heben an und kippen den großen über dem kleinen Topf immer weiter, bis nur noch einige Tropfen fallen. Sie drehen ihn noch einmal zurück und wiederholen das Ganze. „Gut, dass du da bist und wir das Kraut gleich heute eindicken können. Mir ist Mal die Flüssigkeit im Topf total verschimmelt, weil ich keine Zeit hatte und sie zu lange in der Speisekammer hab stehen lassen. Immer weiter rühren, sonst brennt der Sud an und das bekomme ich nie wieder sauber. Ich bring die Rübenreste zu den Schweinen."

Langsam wird der tief schwarze Saft zäher und das Rühren im kleineren Topf auf dem Herd immer anstrengender. Die Monotonie und Ruhe allerdings lässt Hannes den versäumten Schlaf spüren. Immer öfter beginnt er zu gähnen und kann kaum die Augenlider aufhalten.

„So müde bist du. Leg dich oben hin, ich kümmere mich bis der Saft fertig ist und in die Gläser kann." „Danke, ich geh lieber in mein Bett."

Vor Müdigkeit und Kälte fängt Hannes an zu schlottern. Wie schön wäre jetzt eine Wärmflasche unter der Decke. Seine Oma hat eine aus Messing, das stumpf angelaufen ist. Oben mit Henkel über dem Schraubverschluss und eine Beule hat sie auch an der Seite. Die legt sie mir bestimmt im Winter, wenn die Eisblumen auf dem Glas der Fenster wachsen, wieder in mein Bett. Und schon ist er unter seiner Decke, die er bis zum Hals hochgezogen hat, eingeschlummert.

Wandeln lernen

Als Hannes erwacht, hatte er seit langem mal wieder von seiner Mutter geträumt. Sie waren Hand in Hand spazieren gegangen an einem fast reifen Kornfeld vorbei in der wunderbar warmen Spätmittagssonne im beginnenden August. Hier und da hatten sie sich gegenseitig auf die wilden Korn- und Mohnblumen aufmerksam gemacht. Er sammelte die krausen blauen und seine Mutter die tiefroten, die am Rand des Feldes wuchsen. Bald hatten sie einen ordentlich großen, frisch duftenden Strauß beieinander. Wie ein etwas zu üppig geratenes Schmuckstück bildete er einen guten Kontrast zu dem leicht fließenden und in ihren festen Schritten wogenden blass gelben leichten Leinenkleid, dessen kurze Ärmel ab und an von dem sanften Wind des Tages angestoßen wurden.

Wie gerne er die Weichheit und Wärme ihrer Hand spürte und wenn er oder sie sich lösten, striff er, sie vorsichtig berührend, fast jedes Mal möglichst dicht an ihr vorbei.

Nachdem sie beschloss, es seien jetzt genug Blumen, war er ein wenig vorweg gelaufen. Die ausgestreckte Hand knapp über die Ähren haltend, so dass die Halme sich federnd bogen und die hochstehenden Grannen in der Handfläche kitzelten. Ein ganzes Stück weiter und ein bisschen außer Atem hielt Hannes an und blickte sich um, doch seine Mutter war außer Sicht einfach verschwunden.

Nein, ich kenne sie nicht. Nur ihr zartes, volles Lachen und die strahlenden Augen eingerahmt von den langen und in der Mitte geteilten, sanft welligen Haaren des Hochzeitsfotos der Eltern in der guten Stube. Auf den vollen Haaren lag der dünne, am Rand reich bestickte Schleier und vor ihrem schlichten weißen Kleid hielt sie in den behandschuhten Händen den kleinen roten Rosenstrauß. Seinem Vater, der einen perfekt sitzenden Stresemann und wie es sich dazu gehörte, einen Zylinder trug, war der ganze Stolz des durch die Gasse der Kirchgänger schreitenden Paares anzuspüren.

Nein, ich kenne sie nicht, durchdrang es Hannes.

Dieser drückende Gedanke begleitet ihn beim Anziehen und zugleich spürt er seinen Hunger. Auf dem Weg nach drüben vermischen sich in die Bilder des Traumes mit den Erlebnissen der letzten Nacht. Er sieht sich noch einmal neben dem Chachapoya am Feuer sitzen, schmeckt letzte Reste des bitteren Kaffees und riecht den strengen Geruch des Rauchs. Erst die Glocke über der unverschlossenen Tür holt ihn zurück ins jetzt.

„Oma?" Nach einer kurzen Pause im Haus angekommen ruft er erneut. Sie scheint nicht zu Hause zu sein. Die Küche und die Stube sind leer und so geht er zurück schräg gegenüber über den dunkel gesprenkelt gefliesten Flurboden in die Speisekammer vorne links gleich neben dem Eingang. Eigentlich ist sie viel zu groß, denn das Wichtigste beherbergt ein Regal an der den Fenstern zugewandten Wand. Hier finden sich der Brotkasten, einige Einmachgläser, sowie Kartoffeln in einer Emaille Schüssel, die Zwiebeln in einer leichten mit Zeitungspapier ausgeschlagenen Holzkiste, die Marmelade und der kostbare Honig. Von der gekalkten Decke hängen an vom Ruß geschwärzten Wurststangen die Reste der schon stark geschrumpelten Knackwürste und zwei letzte tiefschwarz glänzende Blasen gefüllt mit Blutwurst, die Hannes so gar nicht mag, die er aber in der Not nur mit einer ordentlichen Menge Senf herunterbekommen kann. Auch das letzte Drittel des geräucherten Schinkens mit seiner dreifingerbreiten Fettkante hat den salzigen Zahn der Zeit zu spüren bekommen. All dies vereint sich in der stehenden Luft und dem gedämpften Licht zu einem ganz eigenen markanten Geruch.

Er kann nicht wie sein Vater die Scheiben vom Brotlaib schneiden. Der klemmt den Laib in der Armbeuge gegen die Brust und dreht mit dem scharf geschliffenen Messer eine akkurate Halbrunde. Am nach vorne gewendeten Brot trennt er dann gleichmäßig dick bleibend den Rest ab, immer gleich, Scheibe um Scheibe.

Außerdem liebt Hannes den Hefestreifen seiner Oma. Auf den großen runden Blechen gebacken, die sein Vater am Rand leicht gebördelt und mit Essig brüniert hat, so dass sie ihre matte Schwärze erhalten, die sie vor Rost schützt. Der flache Hefeteig wird mit Wasser eingepinselt und ein wenig Zucker bestreut. Nach dem Backen beim Bäcker schneidet die Oma ihn in zweifingerbreite Streifen, die wiederum vorm Verzehr auf Länge gebracht werden. Auch ein paar Tage alter Streifen ist in Milch getunkt immer noch ein echter Genuss.

Als Hannes gut gesättigt im Kuhstall eintrifft, scheint Luise still vor sich hin zu träumen. Sein Vater hatte das Melken übernommen und nun liegt sie gemächlich auf dem Bauch im Stroh die Augen in die Ferne gerichtet. Ab und an wedelt ein Ohr leicht und die Zunge leckt gemütlich zwischen den Nasenlöchern.

„Kennst du sie?", will Hannes wissen. Aber nichts geschieht.

„Kennst du sie? Du musst sie doch erlebt haben!"

Hannes nähert sich den beiden Kühen über den kopfsteingepflasterten Weg hinten entlang und da es außer dem Surren der Fliegen still bleibt, klopft er mit der flachen Hand leicht auf das rechte Hinterteil von Luise.

Die Zeit scheint gefroren, aber dann zwischen dem Bruchteil eines Wimpernschlages wandelt sich das Bild und der Chachapoya erscheint breit gähnend vor Hannes, der meint, ein minimales Zischen vernommen zu haben.

„Kennst du sie?"

„Ja, natürlich!"

Und nach einer kleinen Weile fährt der Chachapoya, der die Frage intuitiv erfasst, fort, „ich sehne mich oft nach ihrer fröhlichen Freundlichkeit, ihren sanften und doch so bestimmt zu fassenden Händen und ihrer nicht zu hellen, klaren und festen Stimme. Wie gerne würde ich noch einmal in ihre tiefblau leuchtenden Augen schauen."

„Dann sei sie für mich."

„Das geht nicht!"

„Nur für einen winzigen Moment."

„Es tut mir leid, aber das kann ich wirklich nicht!"

„Ich kenne sie doch nur von Bildern in diesen wenigen Momenten eingefangenen in Schwarz und Weiß! Oft habe ich vor dem Bild gesessen und mit ihr erzählt und sie gefragt, was ihr wichtig ist und ob sie glücklich ist mit mir. Sie hat mich in den Arm genommen, mir einen Kuss auf die Backe oder einen dicken Schmatzer auf die Stirn gesetzt und mich angestrahlt. Vater mag auch nicht recht erzählen, ich traue mich auch nicht ihn zu fragen. Sie in seine Gedanken zu lassen, tut ihm wohl zu weh. Doch so verdrängt, hat er sie für uns beide verloren, all die kleinen und großen Geschichten ihrer Liebe, ihres Lebens. Als wäre sie nicht gewesen, abhandenkommen wie ein Stock oder Hut. Er ist nicht streng, dass weiß ich, aber wie die Oma auch, die es genauso handhabt, erzählen sie nicht, nehmen einen nie in den Arm, oder drücken mich ganz fest.

Bitte.. sei sie für mich, bitte..!"

„Alles geht, vom kitzelnden Gras, bis hin zur weit ausgestreckten Eiche, zwischen dem zwickenden Floh und dem dahin-
trabenden Pferd ist alles möglich, nur Menschen nicht. Wand-
lung in einen anderen Menschen, das ist nicht machbar, vertrau
mir!"

Merklich senkt sich Hannes Kopf bei den Worten des
Chachapoya immer weiter auf dem sich beugenden Oberköper.

„Komm jetzt! Sie ließ ihres für deins! Ein Leben kommt, ein
anderes geht. Ihr beide seid im beginnenden Sein und im enden-
den Verschlungen werden, unendlich eng ineinandergefloch-
ten."

„Wäre ich doch bloß nicht gekommen. Wenn Vater mich
manchmal ansieht, dann ist es als versinke er in dunkler Traurig-
keit. Du Dieb auf frischer Tat ertappt, schreien seine Augen, die
meinen Bauch zusammenkrampfen lassen, dass es schmerzt und
mir jedes Mal schlecht wird. Nur weg, schnell irgendwie zur
Oma in die Scheune und zwischen Strohballen lange verkriechen."

„Aber, aber! Er sieht doch gar nicht dich. Er schaut sie. Weißt
du eigentlich, wie ähnlich du ihr bist. In deinem Lachen, oder
den Momenten, wenn dir etwas gut gelingt, ihr drückt eure
Freude ganz gleich aus. Soviel kleine Gesten, soviel, bis hin in die
kleinsten Bewegungen, selbst wenn ihr müde seid und gähnt, ist
es dasselbe. Auch im Staunen und im Ärger spricht euer Körper
dieselbe Sprache. Dein Vater sieht sooft sie in dir und vermisst
sie sicher unendlich. Solange nach ihrem Tod war er wie erstarrt,
bleich und regungslos kam er geschlichen.

Nach dem Ende der Wehen fing er an ungezählte Male gegen
die Tür dort zu treten, immer wieder und wieder, als könnte er
nicht mehr aufhören. Schau, da sind seine Spuren eingegraben.
Dann wurde es still. Doch nach Wochen zäher Zeit öffnete sich
die Tür. Er trug dich in eine zart, blass, blaue Decke geborgen in

seinen Armen. Da hatte er sich für dich, für das Leben, entschieden!"

„Komm jetzt!", fordert der Chachapoya nach einem kleinen Moment erneut, legt aber sanft seinen rechten Arm um Hannes Schulter und wendet ihn vorsichtig aus seinen Gedanken Richtung Garten.

„Hilf mir bitte beim Suchen. Wir brauchen ein oder zwei Regenwürmer."

„Wozu?", will Hannes wissen. Und nach einer zögerlich kurzen Pause fügt er an: „Soll das eine Mutprobe werden?"

Die Großen in der Schule verlangen von den "I-Dötzchen" immer wieder ganz heftig eklige Sachen. Wenn sich einer wehrt, umso besser. Dann wird mit Zwang nachgeholfen. Den Arm hochdrehen, oder in den Schwitzkasten nehmen, dass sie einen Frosch aufpusten oder ihm ein Bein abreißen, einen Becher frisches Pippi trinken oder über einen matschigen Misthaufen laufen. Es folgen noch Hiebe von allen Seiten und zum Schluss wird man an einen Baum gefesselt, bis einen jemand findet und erlöst.

„Ich glaube, dass schaffe ich nicht, einen Regenwurm essen. Nicht mal für dich!" Bei seinen Worten verzerrt sich gleichzeitig sein ganzes Gesicht.

„Was? Hannes, wozu soll das denn gut sein? Vertrau mir, Regenwürmer schmecken nicht, auch wenn du ordentlich Hunger hast, so nach drei, vier Tagen.

Das wäre doch auch keine Mutproben. Dem Kondor ein Ei aus dem Nest rauben, auf einem schmalen Baumstamm über eine Felsspalte balancieren oder eine Nacht allein irgendwo im tiefen Wald, so soll sie sein."

„Nein!", und nach einer formvollendeten Unterbrechung fährt der Chachapoya feierlich fort: „Nein, Hannes heute beginnt deine Reise! Ich möchte dir den Start so gut ich kann erleichtern und dir ersparen, was ich zuweilen recht übel erfahren und erleben musste. Ein Regenwurm ist, denke ich, ein feiner Beginn beim Wandeln."

„Wandeln? Aber das geht doch gar nicht! Ich bin Hannes und kein Chachapoya, wie du einer bist."

„Woher willst du das wissen? Hast du es je versucht? Also los, lass uns Regenwürmer suchen."

„Das wird schwierig werden.", wendet Hannes ein. „Es hat seit Tagen nicht mehr geregnet und der Boden ist ziemlich hart. Wir könnten ihn ein bisschen umgraben. Soll ich einen Spaten holen?"

„Lass mal, es ist einfacher, wir suchen uns ein Beet und hüpfen eine Weile drin rum, dass treibt die Würmer aus ihren Löchern."

„Welches sollen wir denn nehmen? Vater liebt, hegt und pflegt sein Rosenbeet mit großer Sorgfalt, wenn da was abbricht. In den anderen Beeten steht Salat oder Gemüse. Außerdem würde doch der Boden ganz geplättet und wenn uns jemand zusieht."

„Dann machen wir es auf die leichte Weise, sie braucht nur Geduld. Hol mal den Topf Senf und bring einen Löffel mit. Ich fülle inzwischen die große Gießkanne mit Wasser auf."

„Und dann?"

„Wart es ab!"

Drei gut gefüllte Löffel verrührt der Chachapoya mit einem Stock bis er sich löst und eine gelb gefärbte Flüssigkeit in der Kanne entsteht.

„Dahinten an der Mauer kommt die Sonne nicht so hin und die Erde bleibt länger feucht. Lass uns da gießen gehen und die Regenwürmer aus der Erde treiben."

Aufmerksam beobachten die beiden jeden Fleck, aber ermüdend lange geschieht gar nichts.

„Bist du dir sicher, dass deine Methode Erfolg hat?", gibt Hannes zu bedenken. „Ich hole besser den Spaten, jetzt ist die Erde wenigstens schön weich." „Ein bisschen Geduld, die musst du unbedingt lernen, ohne sie wirst du so einiges verpassen." Und endlich nach einer weiteren Ewigkeit, krümelt ein kleiner Erd-brocken beiseite und ein Wurm schlängelt sich aus dem Boden. Bald folgen ihm ein zweiter und dritter und schon sind es vier.

„Heb einen auf, schau, so wie ich und leg ihn dir auf die flache Hand."

Den Regenwurm, den Hannes fassen will, biegt, krümmt und wendet sich heftig hin und her, zudem verdreht er sich ziemlich schnell. Hannes muss einige Male mit Daumen und Zeigefinger auf der glitschigen Haut neu ansetzen, bis er ihn endlich zu fas-sen bekommt. Als er die geschlossene Hand öffnet, um dem Chachapoya sein Exemplar zu zeigen, rutscht der Wurm ge-schickt in einer Drehung über den Rand und fällt wieder zu Bo-den. Beim nächsten Anlauf hält Hannes ihn fest gefangen zwi-schen den Fingern. „Wie viel Kraft die haben und sie geben nicht auf, ständig wenden sie sich weiter."

„Komm, wir waschen ihn ab, dann kannst du alles besser er-kennen. Hier vorne, das ist sein Mund, schau und hinten, wie bei einem Schlauch ist der Po, da kommt die Erde wieder heraus. Fühl mal vorsichtig über seine Haut."

„Geriffelt wie ein Bastdeckchen, aber da ist noch etwas kleines Feines auf jeder Erhebung zu spüren."

„Sozusagen seine Hände, damit hält er sich fest, wenn er sich nach dem Zusammenziehen wieder ausstreckt. Du kannst ihn jetzt der Erde zurückgeben. Lass uns seine Bewegungen üben. Leg die Hände an und zieh dich zusammen, als wollten die Füße zum Kopf und lass dann wieder los, schau." Es ist, als schrumpfe der Chachapoya, um einen Moment später über sich hinauszu-wachsen. „Jetzt du." Diese Bewegungen sind für Hannes voll-kommen ungewohnt. „Dabei über die Knie und den Bauch zu den Schultern seitlich schlängeln und vom Kopf über den Po wieder hinunter.", lautet die nächste Anweisung des Chachapoya. Nach einer Weile des Übens und einiger Korrekturen ist er zufrieden mit Hannes.

„Gut! Jetzt wird es ernst. Fasse bitte mit deiner Hand meinen Unterarm.", hört Hannes gerade noch. In die Berührung hinein reißt ihn eine gewaltige Kraft mit!

Augenblicke später spuckt, hustet, stockt, spuckt, würgt, Hannes, biegt sich vor, spuckt jämmerlich und kämpft gegen einen stetig starken Brechreiz. Sein Mund, mit den weit aufgeblähten Backen bis zum Bersten gefüllt, will einfach nicht leerer werden. Überall hat sich Erde eingenistet, die das Atmen verhindert, auch seine Nasenlöcher sind vollkommen verstopft.

Zum Glück steht der Chachapoya direkt vor ihm und schüttet erst einen Eimer Wasser über den Kopf. Das hilft nicht wirklich und deswegen drückt er den in Panik geratenen Hannes auf die Knie und seinen Kopf vornüber in den anderen bereitgestellten Wassereimer, so dass Hannes dort seinen Mund wieder und wieder ausspülen kann, bis er endlich aufgerichtet nach Luft schnappend langsam ruhiger zu werden beginnt. Mit einem frischen Glas Wasser entfernt er spülend dann die letzten Reste. Ein unangenehmes Knirschen zwischen den Zähnen bleibt.

„Die nächsten Tage auf dem Klo werden wahrscheinlich eine kratzige Erfahrung. Ich hätte besser eine weniger sandige Erde wählen sollen, aber auf der anderen Seite ist dort natürlich leichteres Durchkommen für einen Regenwurm."

„Erzähl, wie ist es dir ergangen?", fordert nun der Chachapoya ein.

Hannes überlegt und nach einer längeren Pause beginnt er: „Finster, dunkel, schwarz, anders als es in der Nacht ist, anders als mit geschlossenen Augen, vollkommen finster. Ebenso war nichts zu hören, rein gar nichts, kein Kratzen bei Bewegungen, kein Klopfen beim Anstoßen an ein Hindernis, auch kein Huhn konnte ich hören, nichts von der sonst so lauten Welt. Die Stille tat mir in den Ohren fast weh. Alles schien sich auf die Bewegung zu konzentrieren. Ich spürte nur noch eine ganz unglaubliche Stärke in meinen Muskeln und zum Glück waren da die kleinen Borsten, mit denen ich mich in der Erde verhakeln konnte. Den vorderen Teil zusammenziehen, halten und dann den Rest des Körpers nachrutschen lassen. Vorne um einen Stein gleiten, zusammenziehen und gleich wieder loslassen. Alles in Bewegung durch die Ritzen der Erde. Nach einer Weile fehlte mir rechts, links, oben oder unten, hinten und vorne. Eigentlich war ich auf die unterschiedlichsten Nuancen der Gerüche von Erde sehr gespannt. Doch wenn ich mich recht erinnere, kann ich dazu nichts sagen, dafür aber zum Geschmack. Scheinbar bin ich in die Wohnröhre eines anderen Regenwurms gelangt und fand dort Blätter unterschiedlichsten Alters. Ein wahrer Genuss, vor allem die älteren. Einmal war mir, als seiest du direkt in meiner Nähe. Zumindest stiegen Bilder von Kühen in mir auf, als ein Brösel Erde in meinen Mund und durch mich hindurch wanderte. Sooft es ging füllte ich mich randvoll und genoss die ganze Kraft, die nicht müde werden konnte."

Hannes hielt inne, allmählich wird ihm bewusst, dass eine ganze Zeit verstrichen sein musste, die er für einen einzigen Moment gehalten hatte.

„Wie hast du zurückgefunden?", erkundet der Chachapoya.

„Ich hatte den Mund voll und bog gerade um ein Stück abgebrochen Ast, der scharfkantig an meinem Kopf ganz schön schrammte, weil der Spalt durch den ich kroch, ganz schön eng war. Vor Schmerz wollte ich schreien, konnte aber nicht einatmen, auch keinen Ton herausbekommen. Dann brach Panik in mir aus, das überfallende Gefühl, jetzt ersticke ich, obwohl ich ja vorher die ganze Zeit lang keine Luft gebraucht hatte. Sie war einfach in mir. Schließlich riss etwas heftig an mir. Und gut, dass du da warst, du mit dem ganzen Wasser."

„Oh, ich denke, ich habe eine Ahnung, was du erlebst hast. Ähnlich ist es mir ergangen, als ich zum ersten Mal wandelte und gleich in einen Kondor."

„Du warst ein Kondor, du kannst fliegen?"

Der Chachapoya reibt sich mit der rechten Hand am Kinn und fährt fort. „Aber noch viel stärker war das Gefühl, als ich in meiner Neugier ausprobierte, wie es wohl ist, ein Baum zu sein."

Hannes hakt ein: „Du kannst ein Kondor, ein solch gewaltiger Vogel, sein?"

„Aber natürlich, doch davon später. Hannes, du musst das, was du wirst, ganz sein lassen und dich nicht vermischen. Achte auf dich, sonst verlierst du dich!"

„Kannst du das bitte noch einmal anders sagen, damit ich es verstehe.", bittet Hannes.

„Also, es liegt schon eine Weile zurück und ich war auf Wanderschaft und mein Weg führte mich durch einen Eichenwald, der fast kein Unterholz hatte. Überall standen beeindruckend starke Stämme mit großen Kronen, reich belaubt. Ich wich vom Weg ab und legte eine Pause ein, gelehnt an eine Eiche. Ein freier Raum stach mir ins Auge. Kurz entschlossen verwurzelte ich mich dort so tief verzweigt, wie die höchsten Höhen meiner Krone, fest in den Boden. Sanft kitzelte der Wind an meinen Blättern und die Äste wogten in seinem Kommen und Gehen, selbst die stärksten Böen ließen mich nur meinen starken Halt spüren. Weich waberte Nebel um mich, Regen wusch meine Blätter und stetig stieg Feuchtigkeit an meiner inneren Rinde entlang empor, angereichert mit unterschiedlichsten Mineralien des Bodens an den Wurzeln, als wenn du einen Schluck Wasser einen Tag lang langsam über die Zunge hinab gleiten ließest. Konstant wechseln Tag und Nacht und du erwartest beides mit großer Freude. Die Sonne zieht überall an dir und lässt dich weiter werden und im Mondlicht schwindet die Spannung und alles verteilt sich gleichmäßig in dir. Sorgsam stapeln sich die Ringe der Jahre aufeinander, wie ein Turm aus Bauklötzen, der Stein auf Stein, in die Höhe wächst. Wirklich unruhig wird es nur in der Blüte, wenn die Bienen und andere Insekten in dir surren. Deine Nachkommen lässt du einfach, ebenso wie alles andere, wenn die Tage kurz genug werden, von dir abfallen. Kein Käfer mehr, dem du mit Harz zu Leibe rücken musst. Keine Raupe mehr, die deiner duftenden Gegenwehr bedarf. Nur die leichte Last des Schnees auf den weit ausgestreckten Ästen drückt dann und wann noch gegen deine Ruhe. Erst wenn die Tage wieder lang genug werden und Wärme mitbringen, beginnst du tief Luft zu holen.

Und so verlangsamt sich jede Regung. Friedlich fließt ein Gedanke von hier wohin auch immer und auch jede Bewegung bedarf keiner kraftvollen Anstrengung mehr.

Stetig verlor ich mich immer weiter und weiter in fest verwurzelter Gelassenheit, in großem Genuss und weiter Ruhe, wie in den ungestörten Momenten in meiner Hängematte zu Haus.

Wie viele Sommer ich so sah, kann ich bis heute nicht mehr sagen. Erst ein Specht, der geschickt rhythmisch mit spitzem Schnabel durch die Rinde in den Stamm vordrang, riss mich aus dieser Traumreise. Zurück blieb mir die Narbe hier in der linken Augenbraue."

Hannes, der gespannt gelauscht hatte, erwidert: „Ich glaube, ich verstehe, was du meinst. Sich nicht verlieren, sich nicht hineinreißen und übermannen lassen, ist die große Kunst."

„Genau, im Wandeln geschieht immer aufregend Neues. Erfahrungen, die du nicht kennen kannst. Lass dich nicht von ihnen treiben, sondern nutze das natürliche Wissen und ihre Kraft. Alles, was lebt, findet sich ohne nachzudenken in der Welt zurecht. Will der Kopf sich bewegen, weise ihm deine Richtung. Brauchst du eine Pause, halte an. Sonst übermannt dich das Fremde und es dauert Wochen bis du alle Glieder und Gelenke wieder bewegen kannst. Dafür gehst du so aufrecht, als hättest du einen Stock verschluckt."

„Und wie war das damals mit dem Kondor?"

„Später, Hannes, später. Es ist Abend geworden und deine Oma will Morgen mit dir in die Stadt. Sie wartet schon auf dich. Du schläfst heute bei ihr drüben."

„Hat es etwas mit dem Amulett und der Frau in der leuchtenden Morgendämmerung zu tun?"

„Geh jetzt!", fordert der Chachapoya ruppig ein.

Hannes wagt nicht weiter zu forschen und macht sich auf den Weg.

„Was hast du denn wieder angestellt? Wie du wieder aussiehst. Muss ich dich denn jeden Abend in die Wanne setzen? Wir wollen doch morgen in der Früh in die Stadt!"

Seine Oma kann sich gar nicht beruhigen. Hannes kann sich kaum erinnern, dass seine Oma so die Kontenance verliert, aber schon geht es weiter: „Heute wird es wirklich kalt. Wie soll ich denn noch das Wasser warm machen?"

An der Pumpe in der Küche füllt sie erst einen Eimer und einen großen Topf, den sie sofort auf den Herd stellt und eine paar Holzscheite legt sie auch nach, die in der Rest Glut sofort Feuer fangen. Dann gießt sie noch drei weitere Eimer in die Zinkwanne und setzt die Messingwärmflasche in die Röhre.

„Zieh dich schon mal aus.", fordert sie Hannes auf, als sie den Topf in die Wanne schüttet. „Wir waschen erst dich, dann deine Sachen. Hoffentlich sind sie bis Morgen trocken."

In der Wanne mit angezogenen Beinen kauernd, wird er gründlich von der Oma eingeseift. Dabei löst sich die Kruste in seiner Augenbraue und die Wunde fängt an erneut leicht zu bluten.

„Was hast du bloß angestellt. Warte einen Moment." Hannes bekommt eine grobe Gänsehaut und kämpft mit seinen Zähnen, die aufeinander tanzen.

Zurückgekommen klebt die Oma ihm ein Stück abgerissene Zeitung auf die Wunde.

„Lass es kleben, das stoppt die Blutung. Und komm schnell raus!" Seine Oma rubbelt ihn ab und trocken. „Erzähl schon!"

Was soll Hannes bloß sagen, er mag es gar nicht zu lügen, aber in diesem Fall wäre die Wahrheit wie eine Lüge in den Ohren der Oma, schwer verständlich. Langsam druckst er heraus: „Na ja. Ich war hinten am Jordan, ein bisschen balancieren, doch der Baumstamm war glitschig und ich bin abgerutscht und in den Matsch am Ufer gefallen und bin mit Kopf gegen einen Stein gestoßen."

„So, so. Jetzt aber flott ab Marsch, sonst bekommst du auch noch eine dicke Erkältung. Stell die Wärmflasche nachher neben das Bett.", beim Kommandieren legt sie Hannes Sachen zum Einweichen in die Seifenlauge der Wanne.

Mit dem Zug in die Stadt

„Ich glaube, ich muss mal ein ernstes Wörtchen mit ihm reden! Der Schweinehund, fünf Zigarren fehlen mir. Hast du etwas gerochen? Raucht er jetzt schon?" will sein Vater leise, aber betont sprechend von der Oma wissen. Die beiden stehen in der geöffneten Schlafzimmertür. „Versuch mal, wenn ihr in der Stadt seid, etwas aus ihm herauszubringen."

Nach einer kurzen Pause fährt er fort: „Die frische Milch für die Butter steht in der Küche und die beiden Gänse habe ich dazugelegt, gerupft sind sie auch schon, das half gegen die aufkeimende Wut. Die Daunen habe ich zum Spleißen in die Kiste für die neue Bettdecke gelegt. Das mit dem Federvieh habe ich schon mal erledigt, weil ich weiß, wie schwer es dir fällt, seit das Huhn deiner Hand entglitt und kopflos über den Hof, den Misthaufen und die Scheune bis in den Garten flog. Du kannst die Gänse mit der Butter in die Stadt bringen."

„Danke, aber du musst mich nicht immer aufs Neue an den Schreck damals erinnern."

„Verwöhn ihn nicht wieder zu sehr. Ich muss in die Schmiede. Bis heute Abend, gute Fahrt."

In den Händen trägt seine Oma immer noch die frische Sonntagskleidung für ihn. Die legt sie jetzt über den Stuhl, dann verschließt sie im Gehen so leise wie möglich die Tür. Hannes, gerade wachgeworden, lauscht mit geschlossenen Augen dem Gespräch der Beiden. Wie soll er das mit den Zigarren bloß wieder in Ordnung bringen? Fest steht, sie müssen irgendwie wieder zurück in die Schachtel an ihren Ort. Aber bei dem gleichmäßigen Geräusch des Butterfasses dämmert er noch einmal ein. Als er endlich wirklich wach wird, kann er sich kaum regen, beim Aufstehen spürt er jeden seiner Muskeln, überall steckt Muskelkater drin und der brennt bei jeder noch so kleinen Bewegung. Wie viel Kraft so ein kleiner Wurm hat, dass ich jetzt noch die Anstrengung spüre?

Eigentlich liebt Hannes diese Tage, wenn er erstmal die Hürde in der Küche des Superintendenten genommen hat. Von dem Geruch verbrannten Haares wird er aus seinem Gedankenfluss genommen. Seine Oma hat sicher mit der Brennschere wieder ihre eigentlich ganz glatten grauen Haare gewellt. Obwohl sie die Temperatur, der auf dem Herd erhitzen Schere, jedes Mal mit einem Blatt Zeitungspapier prüft, zusätzlich die Finger mit Spucke anfeuchtet und kurz und noch einmal kurz die Metallbügel berührt, geschieht es fast jedes Mal, dass ihr trotzdem wegen der viel zu großen Hitze die Haare anschmoren und diesen beißenden Duft hinterlassen. Mit einer Klammer legt sie ihre Haare dann in einer Welle hoch.

Zum Frühstück gibt es ein Glas Buttermilch und dazu röstet die Oma ein, zwei Scheiben Graubrot, das dann schmeckt, als käme es gerade duftend aus dem Ofen, bestrichen mit der frischen guten Butter, wie sie seine Oma zu nennen pflegt, davon kann er gar nicht genug bekommen. Den Rest der Milch stellt sie in einer Schüssel auf die Fensterbank. Zu dem werdenden Sauerrahm schmort sie abends Bratkartoffeln, dazu gibt es süßsauer eingelegte Senfgurken und ein oder zwei Spiegeleier. Für seinen Vater brät sie zusätzlich ein wenig kleingeschnittenen Speck und eine in Ringe zerlegte große Zwiebel. Am Abend müssen sie ja wieder zu Kräften kommen.

Zu allem Überfluss rutscht Hannes beim Abstellen das Glas aus der Hand und der Rest der Milch ergießt sich über die Wachstuchtischdecke. Das ist heute nicht mein Tag, geht es Hannes durch den Kopf. Zum Glück ist es nicht mehr allzu viel Milch gewesen. Nachdem alles abgewischt und das Geschirr in der Schüssel schnell gespült wurde, holt Oma den geflochtenen Weidenkorb aus der Speisekammer. Der erinnert Hannes jedes Mal an seinen Lehrer. Morgens zum Schulbeginn müssen sie ihre Hände zeigen. Und dann gibt es ordentlich mit einem Zweig, den immer einer der Schüler täglich neu aus den Weiden am Bach schneiden muss, auf die ausgestreckten Handinnenflächen. „Wie soll man denn bloß jeden Tag saubere Finger und Nägel haben? Beim Lernen hilft es einem auch nicht!", entfährt es Hannes ganz leise murmelnd.

„Was?", will die Oma wissen, während sie die Butter in den Korb hineinlegt. „Ach, nichts!" Nun folgen noch die beiden Gänse, die auf dem Tisch in der Küche liegen und deren offenen Hälse schlaff über dessen Kante hängen. Einige Tropfen Blut haben den Fußboden in zwei kleinen Pfützen tief scharlachrot gefärbt. Die Gänse werden in ein Leinentuch gewickelt und ebenfalls im Korb platziert. Zwei Lederriemen über die Schultern gelegt, helfen beim Tragen auf dem Rücken. Die Beiden machen sich auf den Weg zum Bahnhof.

Schon von weitem kann Hannes an der großen Wolke den herannahenden Zug erkennen. Beim Einfahren stößt er stampfend seitlich kleine Wölkchen über den Bahnsteig aus und ein infernalisches Quietschen begleitet sein Anhalten. Nur ein paar Menschen verlassen hastig die Wagons und nachdem sie einen Platz gefunden haben, hilft ein netter Herr seiner Oma den Korb hoch oben im Gepäckfach zu verstauen. Sie ist wirklich ziemlich klein, denkt er gerade, als der Pfiff ankündigt, dass es nun losgeht. Stetig schneller werdendes rhythmisches Schnaufen nach einem kurzen Ruck zu Beginn, das von dem gleichmäßigen Rattern über die Abstände zwischen den Schienen abgelöst wird, lässt die Landschaft immer schneller vorüberziehen, die golden in der Morgendämmerung scheint und auf der noch an den Waldrändern zäh aufsteigender Nebel liegt.

„Als junges Mädchen war ich beim Superintendenten in Stellung. Mit einer feinen weißen Schürze habe ich die Besucher in Empfang genommen, die ihre Visitenkarte auf ein kleines silbernes Tablett legen mussten. Nachdem sie im Wartezimmer Platz genommen hatten, habe ich sie dann beim Herrn Superintendenten angekündigt. Der schickte mich oft in die Küche und orderte dort einen Kaffee für sich und seinen Gast. Mein Vater hat mich damals noch mit der Kutsche in die Stadt gefahren. Nur wenige im Dorf hatten einen offenen Landauer. Ich durfte vorne auf dem Sitz neben ihm mitfahren, nur meine paar Sachen haben wir hinten auf der Bank gestellt. Auf dem Weg in die Stadt hat er mir oft von meinem Urgroßvater erzählt, der noch zu Fuß mit der Schubkarre das Saatgut zur Messe gebracht hat. Einmal ist er damals sogar zu seinen Verwandten viele Tag gewandert. Heute mit dem Zug ist die Reise kurz geworden."

„Hab ich dir mal erzählt, wie ein Fohlen über mich schnellte?", springen ihre Gedanken weiter: „Ich saß auf der Treppe an der Tür zum Hof und da kam es angesaust und mit einem Satz war es schon über mich hinweg durch den Flur und zur Eingangstür raus auf den Ruppstein. Wir haben eine Weile gebraucht es wieder einzufangen. Alles ging so schnell, gar keine Zeit einen Schreck zu bekommen."

Die immer gleichen Geschichten kürzen die Fahrt gut ab. Gleich denkt sie sicher auch an seinen Opa. Und schon beginnt seine Oma mit der kleinen Geschichte, die ihr Leben so anders hätte gestalten können. Also Opa hat, nachdem sie in der Stadt einen jungen Buchhalter kennenlernte und als der sie mit einem Strauß Blumen in der Hand im Dorf besuchen wollte, diesen mit ein paar Freunden gleich am Bahnhof abgefangen, ihn ordentlich verwammst und in den nächsten Zug zurück in die Stadt gesetzt, wo er herkam und besser bleiben sollte. Hoffentlich haben sie ihn nicht so übel zugerichtet, wie die Linken, die aus der Stadt oft ins Gasthaus einfielen, wenn Partei Versammlung war und die dann auch schon mal zum Fenster wieder hinausflogen. Oder wenn die jungen wilden Kerle zur Kirchweih ins Nachbardorf zogen, um dort eine anständige Schlägerei vom Zaum zu brechen, jedes Jahr aus Neue mussten sie sich beweisen.

Weiter kommt sie allerdings nicht, denn der Schaffner unterbricht die Oma mit seinen tausendfach wiederholten und immer gleich am Ende stark betont lang gezogenen Worten:

„Die Fahrkarten bitte!"

Jedes Mal kramt sie daraufhin in ihrer Tasche. Fingert beharrlich zuerst ihr zum Abtupfen der Nase zerknülltes und häufig genutztes, meist weißes, fein umsticktes Stofftaschentuch heraus. Es folgt das kleine Fläschchen Kölnisch Wasser, dessen Geruch bei Hannes jedes Mal Übelkeit verursacht, um dann nach ein bisschen hin und her gewühle, die beiden Pappkarten aus der Tasche zu fischen und diese dem breitbeinig dastehenden Schaffner anzureichen. Der schiebt sie nach einem genau prüfenden Blick zum Lochen in seine Zange, die mit einer Kette am Gürtel befestigt ist und sonst gemächlich neben seiner Hosentasche baumelt.

„Wie lange noch?", möchte Oma von ihm wissen, nur um zu hören: „In zehn Minuten sollten wir am Hauptbahnhof sein."

Zum Gruß hebt er kurz seine Mütze und schon ertönt wieder: „Die Fahrkarten bitte."

Vorsichtshalber fragt seine Oma den gegenüber sitzenden Mann: „Können sie mir bitte gleich helfen und den Korb aus dem Gepäckfach nehmen." Durch den Mittelgang schwanken sie viel zu früh zur Ausstiegsplattform, die sich immer schneller füllt und Hannes braucht beim Bremsen des Zuges schon einen guten Halt. Mit einem Ruck zurück, der kräftig an ihm zieht und die Füße versetzt, kommt der Zug dann zum Stehen. Der breitschultrige Mann drückt seitlich drehend die seltsame gewundene Klinke an ihrem Knauf nach unten und die Tür schwenkt auf. Mit der anderen Hand hebt er den Weidenkorb auf den Bahnsteig. Gleichzeitig öffnet sich die Toilettentür und ein in jeder Hinsicht erleichterter Mann will sie gerade verlassen. Doch der tiefe Bass des Schaffners bremst ihn jäh ab:

„Halt! Freundchen, so haben wir nicht gewettet. Die Fahrkarte bitte, oder es geht stramm zur Bahnpolizei."

Mehr kann Hannes nicht wahrnehmen, denn über die viel zu großen Stufen verlassen sie hastig den Wagon und drücken sich mit den anderen Ankommenden durch die Wartenden Richtung Treppe. Alles geschieht auf Bahnhöfen, wie auf der Flucht in großer Hektik, schießt es Hannes durch den Kopf. Vielleicht ist ja der Mann mit zwei drei Sätzen gerade noch aus dem Zug gesprungen und der kräftige Schaffner schnell hinter ihm her. Seine Pfeife schrillt jetzt über den Bahnsteig und alle Reisenden suchen sich wendend nach dem Verursacher. Hannes weiß ja zum Glück Bescheid und geht mit schnellen Schritten auf die Treppe zu und sie hinunter bis zum Plateau in der Mitte, als Schreie oben laut werden und seine Oma eine kleine Rast benötigt. In Gedanken sieht er, dass beim verfrühten Anrucken des Zuges, der Lokführer hatte den Pfiff fälschlich als das gewohnte

Signal zur Abfahrt gedeutet, der eine oder die andere den Halt verlierend seitlich stolpert oder stürzt. Hoffentlich verletzt sich niemand. Unten angekommen, biegen die Oma und er in den gewölbten Tunnel ein, der bis auf Kopfhöhe dunkelgelb gefliest ist. Und das fordert seine ganze Konzentration. Rechts strömen die Menschen in Richtung der kolossalen Fensterfront nach draußen, links, getrennt in der Mitte von den allgegenwärtigen großen Uhren mit ihren roten Sekundenzeigern, streben sie suchend den Bahnsteigen zu. Wie eine stark belebte Ameisenstraße fühlt sich das an, auf der ab und an eine in den Gegenverkehr gerät und stoppt und dadurch unbeholfenes Ausweichen der anderen provoziert.

Durch die weiten Schwingtüren gelangen sie auf den großen gepflasterten Vorplatz. Gegenüber liegt gleich das erste Hotel der Stadt, das sie links liegen lassen und seitlich in die breite Straße einbiegen. In den Häuserschluchten verliert Hannes schnell die Orientierung. Gerne sieht er in die unterschiedlichen Gesichter der Passanten. Manche halten lange den Augenkontakt, andere weichen seinem Blick sofort aus. Hüte mit Federn, schwarze Zylinder, Stoffkappen, auch mit Tüchern bedeckte Haare rasen an ihm vorbei. Als er über eine Kante im Bürgersteig leicht stolpert, erinnert er sich an die fünf fehlenden Zigarren. Die kann er nicht ersetzen, er hat doch kein Geld.

„Dein Vater hat bald Geburtstag, hast du schon eine Idee?", erinnert ihn seine Oma. Daran hatte er gar nicht mehr gedacht und so zermartert er sich sofort sein Hirn.

„Vielleicht sollte ich ihm eine Kiste basteln in der Werkstatt von Onkel Erich, für seine Zigarren, dann muss er sie nicht mehr in der ollen Pappschachtel aufbewahren.", schlägt Hannes nach einer längeren Pause vor.

„Hannes, du rauchst doch nicht? Deinem Vater fehlen fünf! Aber du kannst es mir ruhig sagen, ich erzähl es deinem Vater schon nicht!"

„Nur um sie zu vermessen für die Schachtel, deswegen habe ich sie rausgenommen.", gesteht Hannes mit geröteten Wangen, „aber das sind viel zu Wenige für ein Geschenk! Können wir noch zwanzig kaufen?", Hannes ist erstaunt, wie leicht ihm die Worte über die Lippen kommen. An der Seite des Chachapoya wird knapp an der Wahrheit vorbei, hoffentlich nicht zur Gewohnheit.

„Mal sehen, vielleicht legt der Superintendent ja ein bisschen auf die Bezahlung drauf. Doch auf die Süßigkeiten musst du dann heute verzichten und wir fahren gleich wieder zurück.", nimmt die Oma seinen Vorschlag ohne weitere Anmerkungen sofort auf.

„Das macht nichts, dann kann ich nachher in die Stellmacherei und mit der Kiste anfangen."

Langsam werden die Häuser flacher und in der nächsten Straße, in die sie einbiegen, stehen sie einzeln und frei eingerahmt von Zäunen oder kleinen Mauern.

"Da vorne, das große schmiedeeiserne Tor, da müssen wir rein. Lass uns gleich am Eingang vorbei hinten rumgehen." An der gerundeten Freitreppe biegen sie links ab und der schmale Kieselweg führt sie um das Haus zur Hintertür. Dort zieht seine Oma an einem Bügel das Klingelglöckchen.

Kaum in der Küche angekommen, weiß Hannes, was nun folgt und schwer zu ertragen ist.

„Jungchen, Jungchen, komm mal bei mich bei!", ordnet die ostpreußische Köchin an, unter der schon seine Oma gearbeitet hatte. Er kann nicht widersprechen, ihm bleibt nur die Hoffnung auf den krönenden Abschluss und geht zu ihr hin. Nah genug, nimmt sie ihn in ihre starken Arme und drückt seinen Kopf zwischen den weiten Busen. Jedes Mal ringt er, wenn sie ihn loslöst, nach Luft, nur um ihren Kniff von Daumen und Zeigefinger in seiner Backe zu spüren und zu hören:

„Jungchen, Jungchen, du kriegst nich genug zu essen, ganz ge-märgelt bist de. Na, da wollen wir dich mal ordentlich aufpepel-len, dass de was auf die Rippen kriegst! Da steht se, die Schoko-lade, wie de se magst.", und zur Oma gewandt: „Hast de das Gänsegefiech bei dich? De kirchliche Aufsicht hat sich angesagt, die sollen wer richtig verwöhnen, hat der Herr Superintendent gemeint, se is wohl nich recht zufrieden mit ihm!" Nachdem sie ihm mehrmals durch die Haare streicht, in Hannes Ohren klin-gen noch die langgezogenen „u" nach, kann er sich endlich die-sem unglaublichen Genuss widmen. Erst riechen, dann noch mal tief den Duft in die Nase ziehen, auf den sich sammelnden Spei-chel achten, bis die wohlig warme Süße des gut gezuckerten Ka-kaos mit dem ersten Schluck den Mund füllt und ganz andächtig hinabfließt. Leider war die Zeit des Dresdener Stollens schon lange vorbei, aber frischer Stuten und die mitgebrachte gute But-ter sind ebenfalls nicht zu verachten.

„Na Jungchen, hast de fertig. Dann kannst de mit dat Kathi ins Zimmer vom Junior gucken. Danach gibt es noch ne Tasse und nu tu ma nich so genant. Ich hab noch zu reden mit ihr." Kathi, das neue Dienstmädchen, hatte, sicher schon beauftragt, geduldig gewartet. „Komm mit." Beim Rausgehen hört Hannes noch einen letzten Gesprächsfetzen: „Hat er sich doch glatt geweigert, die neuen Kanonen oben im Regiment unter den Beistand des Allerhöchsten zu stellen und sie zu segnen, der Herr Superinten-dent." Dann verlieren sich die Worte, denn sie sind zu weit ent-fernt und es wird still.

„Hier ist alles noch genau so, wie er es verlassen hat.", berich-tet Kathi als sie die Tür öffnet. „Ich darf nur mit äußerster Vor-sicht Staub wischen. Und der war so schlau. Auf dem Gymna-sium ist er gewesen und sollte dann studieren gehen nach Tübingen." Über dem Bett hängt ein fein besticktes Stoffbanner. „Weißt du, was das bedeutet?", fragt Hannes. „Wie sollte ich, du hast Vorstellungen!", lautet die knappe Antwort. Sein Blick ist auch schon weitergewandert. Neben dem Schreibtisch steht eine große Platte, auf der eine Landschaft modelliert ist. Links auf dem Hügel stehen die Kanonen. Direkt daneben drängt ein Teil der Reiterei den Hügel herab. Der Rittmeister mit gezogenen Säbel ein gutes Stück voraus, sein Pferd steht hoch aufgerichtet auf den Hinterbeinen in der Luft. In der Mitte marschieren drei Linien Zinnsoldaten im Takt der Trommel, das Gewehr mit aufgepflanztem Bajonett bereit zum Nahkampf. Die Fahnen wehen. Beide äußere Abteilungen rahmen die Garde ein. Mit ihren überlangen goldenen Hüten ragen die langen Kerls noch höher über die beiden anderen Linien hinaus. Rechts ist die zweite Abteilung der Reiterei aufgestellt und schön weit im Hintergrund verfolgt der General mit seinem rund gefederten Hut, umringt von der Begleitung, auch alle hoch zu Ross, durch ein langes auseinandergezogenes Fernglas den Angriff. Die Figuren sind in den preußischen Farben schwarz und weiß filigran angemalt.

„Per aspera ad astra." Das war sein lateinischer Wahlspruch: „Durch Raues zu den Sternen." Hinter den beiden im Türrahmen steht der Superintendent in schwarzem Anzug mit zugeknöpfter Weste. In der Hand hält er seine Taschenuhr mit geöffnetem Deckel, die mit einer goldenen Kette an einer runden Öse in einem Knopfloch der Weste befestigt ist und die, nachdem er sie zugeklappt hat, wieder in der kleinen Seitentasche der Weste verschwindet. Sein Gesicht rahmt, passend zu den Haaren, ein schlohweißer Bart, allerdings ist alles über der Oberlippe und auch den Backen fein säuberlich rasiert. Züge des Grams aber auch der Festigkeit sind in sein Gesicht eingegraben und funkeln aus seinen braunen Augen. Als er den Kopf hebt, erklingt seine rauhe, strenge, sonore Stimme:

„Dulce et decorum est pro patria mori. Süß und ehrenhaft ist es für das Vaterland zu streben", behauptet Horaz. „Den Spruch hat der Lateinlehrer ihnen jeden Morgen zu Beginn des Unterrichts eingebläut und ihm diese Flausen beigebracht. Dabei hat ein alter Grieche es viel formvollendeter und früher geschrieben: „Schön ist der Tod, wenn der edle Krieger im vordersten Treffen für das Vaterland ficht und für das Vaterland stirbt!"

„Ich konnte meinen Sohn nicht abbringen, konnte ihn nicht aufhalten. Ich habe ihm die ganz normale Kindheit eines Generals gelassen. Verbieten sollen, dass hätte ich besser getan. Gerne würde ich meinen Sohn fragen, nachdem eine Granate ihn gleich beim ersten Gefecht zerfetzt hat, ihn fragen, ob es denn wahr ist und stimmt, dass der Tod für das Vaterland so süß oder gar edel ist.

Das Leben ist doch für alle Menschen nur ein Lehen auf Zeit, ein Hauch, ein Augenblick, den man nicht verfrüht beenden soll und darf. Denn alles Fleisch ist wie Gras und alle Herrlichkeit der Menschen wie des Grases Blume. Das Gras ist verdorrt und die Blume abgefallen. Das lehrte schon Petrus."

Und nach einer kleinen Pause fährt er fort: „Der verdammte Nationalismus hat schon so viel Unglück über die Völker Europas gebracht. Ich fürchte, dass das Leiden nicht aufhören wird. Lass dich nicht täuschen, junger Mann, lass dich nicht von Sprüchen und den schmucken Zinnsoldaten verführen, halt dich da fern und bloß raus!"

Er wendet sich ab und auch Kathi und Hannes verlassen das Zimmer. Nicht wirklich alles hatte Hannes verstanden, doch seine Bewunderung für das Militär ließ sofort ordentlich nach, als er die Trauer in der Stimme des alten Mannes spürte.

Wieder in der Küche angekommen, mahnt seine Oma sofort: „Wir müssen los, leider keine Zeit für eine weitere Tasse Schokolade, sonst verpassen wir den Zug. In der Bahnhofhalle am Kiosk wollen wir ja auch noch die Zigarren kaufen."

Nach einer kurzen Verabschiedung machen sich die beiden eilig auf den Weg. Wie sicher sie sich zurechtfindet, denkt Hannes als sie den Bahnhof erreichen. Schneller werdend mahnt die Oma zur Eile: „Auf Gleis fünf fährt unser Zug in drei Minuten ab, zum Glück habe ich die Fahrkarten schon!" Beide beschleunigen noch einmal ihre Schritte und ziemlich außer Atem erreichen sie den Wagon, als auch schon der Pfiff des Schaffners ertönt.

Ehe Hannes sich versieht, sind sie zurück. Die Menge der Eindrücke verhindert, dass er die Fahrt wahrnimmt. Nicht mal der Schaffner schafft es, ihn in den Zug neben seine Oma zu bekommen, soweit schweifen seine Gedanken umher. Erst als sie ihn anstößt, bemerkt er, dass sie aussteigen müssen.

Noch auf dem Gleis verabschiedet er sich: „Ich gehe zum Onkel, hoffentlich hat er das passende Holz und ein wenig Beratung wäre auch nicht schlecht."

„Bis heute Abend dann!"

Draußen im Hof sitzt sein Cousin mit dessen erblindetem Großonkel. Er hat die Verantwortung für ihn übernommen, seit der Großonkel zu ihnen zog, weil er nicht mehr allein auf seinem Hof bleiben konnte.

„Wer kommt gerade?", will der Onkel wissen, denn seine Ohren haben Hannes, lange bevor er in den Hof biegt, entdeckt. „Guten Tag." Erst jetzt ist Hannes nah genug heran.

„Guten Tag, Hannes, du seltener Gast mit feiner Stimme, wie geht es deiner Oma?" Und an seinen Enkel gewandt: „Manfred hol mir ein Glas Wasser."

„Wir waren in der Stadt und haben Butter ausgeliefert. Sonst wie immer, gleich gut."

„Ist dein Vater da?", möchte Hannes von seinem Cousin wissen. „Ja, der ist noch in der Werkstatt. Ein Stuhl ist aus dem Leim gegangen und muss ganz dringend repariert werden. Du kennst den Weg."

„Hier ist dein Glas." Manfred legt es seinem Onkel in die Hand. „Ich rasiere dich erst am Samstag zum Tannensetzen drüben. Heb einen Fuß aus der Schüssel, die sind gut eingeweicht, ich schneid dir die Nägel."

Hannes ist schon los quer über den Hof. Die Tür geht leicht. „Hallo Hannes, einen Moment noch, ich muss den Stuhl noch verspannen."

Hannes nutzt die Gelegenheit um sich umzuschauen. Der Geruch des frisch geschnittenen Holzes, den er sehr mag, ist ihm sofort präsent. Über der Werkbank, viele Kerben erzählen ihre Geschichte, mit ihrer dicken Holzarbeitsplatte und den beiden Spannbacken, hängt eine Leiste, in deren Löcher die unterschiedlichen Beitel und Schraubendreher stecken. Neben ihr stehen alle Arten von Leisten und der Verschnitt der Hölzer. Unter dem Fenster hat die Drechselbank wegen des guten Lichts ihren Platz gefunden und seitlich steht die Ständerbohrmaschine. Großen Respekt hat Hannes vor der Kreissäge. An den Anblick der rechten Hand seines Onkels kann er sich nicht gewöhnen. Die beiden vorderen Glieder von Zeiger- und Mittelfinger fehlen, wie bei jedem guten Stellmacher, der an der Kreissäge die Meisterprüfung bestanden hat, wie sein Onkel gerne bemerkt. Ihn schauert es auch diesmal, als seine Augen über sie schweifen.

„Fertig, das wird eh nicht halten, die Poren hat der alte Leim längst zugesetzt, bald wackelt er wieder, aber des Menschen Wille." Der Lieblingsspruch seines Onkels und Hannes ergänzt: „Ist sein Himmelreich."

„Was bringt dich zu mir? Wirklich, kaum zu glauben, du wirst ihr immer ähnlicher!"

„Ich möchte für Vaters Zigarren eine Holzkiste bauen. Er hat bald Geburtstag."

„Danke, das hätte ich sicher vergessen! Na, was denn weiter. Dann lass uns mal loslegen." Er greift neben die Werkbank und hebt eine Kieferholzplatte heraus. „Die sollte groß genug sein." Hinter dem Ohr fingert er seinen dort eingeklemmten Bleistift hervor. Mit ihm und einem Winkel zeichnet er ein Rechteck auf die Platte. „Groß genug?"

„Ja!"

„Und wie hoch soll sie werden?"

Zwischen Daumen und Zeigefinger bestimmt Hannes die Höhe.

„Nur die Tiefe ist noch unklar, wie lang sind denn die Zigarren? Ach, ich weiß schon, dein Vater und ich, wir rauchen die gleiche Marke, Zwanziger. Hinten auf der letzten Dose Schrauben habe ich meine für heute Abend nach getaner Arbeit bereitgelegt." Er legt die Zigarre auf das Holz und lässt ihr ein bisschen Luft bis zum Strich.

„Während ich die Teile Säge, kannst du an der Drechselbank die Griffe verzieren. Den Deckel befestigen wir mit zwei Scharnieren und oben drauf kommt ein Rundholz zum leichten Öffnen, das und die vier Füße musst du ebenfalls an der Drechselbank bearbeiten. Ich spanne dir die Leiste ein und schon kannst du mit den Beiteln loslegen. Du hast ja schon oft zugesehen. Die Beitel werden hier auf die Stütze aufgelegt, dann vorsichtig gegen das Holz geschoben und mit dem Daumen der linken Hand seitlich verschoben, bis dir die Rundungen gefallen. Das Abstechen übernehme ich, schmirgeln kannst du wieder. In irgendeiner Schublade habe ich sicher auch noch Winkel und kleine Schrauben um sie an der Kiste zu befestigen."

Hannes zuckt beim Aufkreischen der Kreissäge kurz zusammen. Bevor sein Onkel beginnt, ruft er Hannes noch zu:

„Pass auf deine Augen auf, da können schon mal Späne fliegen."

Hannes ist zufrieden mit seinem Werk. Ganz gleichmäßig sind sie nicht geworden, aber alle Griffe haben in der Mitte eine Wulst und sie sind an den Enden ordentlich dick geblieben. Sein Onkel sticht sie mit dem Hohlbeitel ab und das Glätten mit dem Schleifpapier übernehmen sie gemeinsam, nachdem sie den Deckel und die Seitenteile mit einer Feile entgratet haben.

„Für die Scharniere stechen wir noch ein bisschen Holz aus der Rückwand weg." Er spannt die hintere Wand ein und mit dem

Holzhammer und vorsichtigen Schlägen treibt er das Hohleisen voran, so dass eine kleine Auswölbung entsteht. Den Deckel hält er dagegen, um das Maß mit dem Bleistift zu übernehmen und ihn genauso bearbeiten zu können.

„So nur noch zusammenleimen und verspannen. Gib mir mal den Pinsel aus dem Leimtopf. Die anderen Teile können wir erst anschrauben, wenn alles gut getrocknet ist. Sieht schon Ast rein aus, du wärst sicher ein prima Stellmacher."

„Ich werde Schmied, wie mein Vater und sein Vater und der Vater davor, dass weißt du doch. Manfred wird Stellmacher, so wie du und deine Väter vor dir."

„Trotzdem, du hast dich gut geschlagen. Ich baue das Kästchen morgen zusammen und runde die Kanten mit der Feile noch ab. Dann das Holz ölen und alles ist fertig. Du kannst es bis zum Geburtstag hierlassen, damit dein Vater nichts merkt, oder willst du bei der Fertigstellung dabei sein?"

„Vielen Dank! Vielen Dank! Nicht nötig." Hannes fällt ein Stein vom Herzen.

„Wir sehen uns am Samstag beim Fest. Den alten Knickstiefel von Brautvater werden wir ordentlich schädigen. Er lässt bei mir immer Anschreiben. Nach der Ernte will die Schulden begleichen, aber das Material dürfen wir vorlegen, obwohl er genug Geld hat. Grüße deinen Vater von seinem Bruder. Vielleicht willst du ja noch mit rüber in die Schänke? Ich lade dich zu einer Fassbrause ein und ziehen an der Zigarre darfst du auch mal."

„Ich mach mich lieber auf den Weg, es hat schon Sieben geläutet."

„Aber den Leim vom Fingerabwischen auf deiner Hose, den sollten wir vorher noch abwaschen."

„Besser ist das, ich bin gleich mit den guten Sachen vom Bahnhof hierhergekommen, so verdreckt, gibt es Ärger."

Mit seiner nassen Hose begibt sich Hannes auf den Heimweg. Kurz bevor er die Hoftür der Oma erreicht, kläfft, als er schon fast das Ende des Grundstücks des Nachbarn angekommen ist, dessen Spitz los, wie er es immer tut und wie jedes Mal fährt Hannes der Schreck in die Glieder. Ebenfalls siegesgewohnt kehrt der Spitz nach getaner Arbeit in seine Hütte zurück.

Der Plan

„Dort drüben, die Wolke steigt von der Sonne getrieben, höher und höher. Immer neue Rundungen quellen aus ihr heraus. Ganz klar ein Baum, er wird immer mehr zu einer Kastanie.", findet Hannes und sein Finger ragt beim Zeigen kaum über das Gras der noch nicht gemähten Wiese gleich hinter dem Bach hinaus. Er und der Chachapoya haben einen dicken Ast mitgebracht, auf dem ihre Köpfe liegen, um bequem in den Himmel schauen zu können. Der leichte Sommerwind schiebt, sich andauernd neu verwandelnde gewaltige Wolkenberge, den perfekt tief blauen Himmel entlang. Schon eine ganze Weile entdecken sie die unterschiedlichsten Dinge. Jetzt einen hakenschlagenden Hasen, dem die Sonne langsam die Löffel langzieht. Davor einen jagenden Hund, der eilig davoneilt. Oder Burgen, die auf gratigen Bergen stehen, Sonnenblumen, die der sanfte Wind zerzaust. Auch schon mal einen gewaltigen Riesen und den ein oder anderen Zwerg mit und ohne Mütze. Es steht immer noch unentschieden. Für jeden Treffer, den beide anerkennen, gibt es ein Stück Karamell. Seine Oma hat Hannes richtig verwöhnt, nachdem sie so eilig aus Stadt zurückmussten und ihm Zucker in guter Butter in der Pfanne geschmolzen. Ausgekühlt und zerbrochen eine süße Versuchung, die man allerdings wegen der scharfen Bruchkanten vorsichtig und langsam lutschen und im Mund zergehen lassen muss.

„Sieh, dort drüben, das ist ganz klar Machu Picchu.", behauptet der Chachapoya, „rechts die Ebene unter dem Zuckerhut, über den die allgegenwärtigen dünnen Regenwolken treiben.

Siehst du die schmale Schicht Schleierwolken, die über den Gipfel gleitet und ihn stetig stärker verhüllt?"

„Woher soll ich das kennen.", wirft Hannes ein, „Machu Picchu ist sicher bei dir zu Haus, oder!?"

„Nein, eine ganze weite Strecke entfernt, aber eine fantastische Stadt gebaut in vielen Terrassen hoch oben im Gebirge. Ich habe sie auch nur einmal im Vorbeiflug zu Gesicht bekommen, vollkommen unvergesslich schön." Langsam dreht der Chachapoya seinen langen Grashalm im rechten Mundwinkel hin und wieder zurück. Als er ihn aus dem Mund nimmt, um ihn durch das gewonnene Karamell zu ersetzen, ist das Ende zwischen den Zähnen schon ziemlich flach zerkaut.

„Ah, offensichtlich, ein brüllender Löwe, er sperrt das Maul immer weiter auf.", befindet Hannes.

„Der Punkt geht an dich.", räumt der Chachapoya ein. „Und dort hinten wird ein freundlich strahlendes Gesicht. Was für große Augen!"

„Und es dreht sich auch noch auf uns zu.", ergänzt Hannes.

In die bewundernde Stille hinein unterbricht der Chachapoya das Spiel. „Da ist noch eine Rechnung offen, Hannes! Ich finde, es ist an der Zeit, sie zu begleichen. Martin muss zu mir in den Kuhstall kommen."

„Wie soll ich das denn anstellen? Sobald der mich sieht, werde ich erstmal ordentlich Windel weich gehauen."

Der Chachpoya lässt sich nicht beirren, „Ein paar seiner Freunde müssen auch dabei sein. Sie sollen sehen, was werden wird!"

„Hast du nicht zugehört? Ich kann nicht zu Martin auf den Hof gehen und ihn einfach so zu dir rüber bitten, nicht mal, nachdem er mich verdroschen hat."

„Hannes, was in deinem Kopf ist, das hat Macht über dich. Was du in ihm siehst, bestimmt dein Denken. Deine Angst, die du in ihn hineindeutest, lässt dich verkriechen, nicht seine Stärke. Also, warum sollte er dich denn verprügeln?"

„Weil er kann und weil er will! Seitdem er bei uns aus dem Baum gefallen ist, versteht er keinen Spaß mehr, denn er fürchtet sich, dass ich allen in der Schule davon erzähle, wie es wirklich war."

„Hannes, gib doch nicht schon auf, ehe du gut vorbereitet bist und dir einen Plan zurechtgelegt hast. Denke nach und lass es nicht schon sein, bevor du begonnen hast, weil es dir unmöglich erscheint."

In die zäh länger werdende Pause sucht Hannes neben sich einen großen neuen Halm, den er allerdings nur mühsam aus der Verankerung gezogen bekommt, der aber schließlich doch in einem Ruck aufgibt und dann in seinem Mund landet. Wie Hannes es auch dreht und wendet, er endet immer gleich zerschunden. „Wer nicht kämpfen will oder kann, braucht Schutz!", belehrt ihn der Chachapoya.

„Auch ein mächtiger Knüppel hält Martin nicht auf."

„Da hast du Recht Hannes, du brauchst Sicherheit, die selbst Martin nicht überwinden kann."

„Keine Idee.", vermerkt Hannes resignierend.

„Erwachsene, viele Erwachsene um euch herum, da muss sich sogar Martin benehmen."

„Das ist wohl wahr. Aber wieso sollte Martin noch mal auf den Hof zu dir rüberkommen? Im Stall da stehen unsere beiden Kühe! Willst du sie dir anschauen? Da lächelt er nur müde."

„Gut bemerkt, er kommt nur, wenn es einen lohnenden Lockstoff gibt, wenn er sich sicher fühlt und seine ganze Überlegenheit demonstrieren kann. Wie wäre es mit Karbid und einer Milchkanne? Damit kann er richtig Unsinn treiben, das rummst ungemein und den Deckel musst du lange suchen, soweit fliegt der davon."

„Karbid? Wo soll ich das denn hernehmen, viel zu gefährlich? Ich habe keins, dass weiß Martin, drauf fällt der nicht rein."
„Aber bei deinem Vater in der Schmiede gibt es welches für den Entwickler zum Schweißen. Verlockende Möglichkeit, oder?"
„Da gehe ich nun wirklich nicht dran!" Nicht schon wieder etwas tun, was er sonst niemals getan hätte.
„Das brauchst du auch gar nicht. Erzähl Martin davon und du hättest das Zeug bei euch im Kuhstall gut versteckt. Nur wie Karbid funktioniert, dass sei dir ganz und gar unklar, da bedarf es seiner Hilfe."
„Und wie kommen die Freunde dazu?", wirft Hannes ein.
„Jemand muss schließlich Schmiere stehen", entgegnet der Chachapoya zügig.
„Und dann endet es, wie es immer endet. Martin merkt, dass kein Karbid bereitsteht und als Alternative und zur Belustigung werde ich von allen verhauen."
„Wir machen es so:", fordert der Chachpoya, „du stellst eine abgedeckte Schwinge und eine Milchkanne hinter mich in den Gang im Kuhstall. Die Vorstellung vom Karbid unter dem Tuch schafft Begehren und Begehren lässt alle seine Vorsicht weichen. Und dann wird es enden, ich begleiche meine Rechnung. Seh nicht zu schwarz, Hannes, denn, wenn ich mit ihm fertig bin, hat er keine Lust mehr zu gar nichts, da kannst du dir sicher sein. Das ist der Plan, so machen wir das! Jetzt gönne ich mir ein ordentliches Stück Karamell!" Viel liegt nicht mehr auf dem Taschentuch zwischen ihnen, in dem Hannes die Köstlichkeit transportiert hatte.
„Wir? Du meinst ich! Und offen ist allerdings auch noch, wo ich Martin inmitten von Erwachsenen treffen könnte?"
„Eine Schlange, sie züngelt, schade, der Wind treibt ihr magisches Auge davon, aber sie schlängelt schön, findest du nicht?", wirft der Chachapoya unvermittelt ein.

„Was, wo, zeig!?", der plötzliche Perspektivwechsel holt Hannes aus seinen drehenden Gedanken.

„Du bist zu spät, sie hat sich praktisch aufgelöst. Aber der letzte Rest Süßes ist trotzdem mein!", triumphiert der Chachapoya.

„Halt, ich weiß, wo es gehen kann!", die kurze Lücke und der neue Blick eröffnen Hannes die Lösung. „Morgen werden die Tannen für die Hochzeit geholt. In dem Gewühl findet sich sicher ein Moment, den ich brauche. Martins große Schwester heiratet, sie verlässt zu seinem Glück den Hof und für den Großkotz ist der Weg frei, ihm wird später alles gehören. Meine Oma bereitet mit den Nachbarsfrauen das Hochzeitsessen vor, ich gehe sie einfach besuchen. Das letzte Karamell gehört also mir!", doch bevor er es in den Mund steckt, bricht er es mit einiger Anstrengung in der Mitte und reicht eine Hälfte weiter. Zufrieden schließt der Chachapoya die Augen und mit einem sanften Lächeln malt er sich das Kommende aus, da wechselt er unversehens das Thema: „Warst du schon einmal verliebt?" Hannes schweigt und verschiedenste Momente in schneller Bildfolge wechseln in seinem Kopf. Eines stellt sich mehrfach ein.

„Also, Hannes, warst du schon mal verliebt? Die zarte Rotverfärbung deiner Wangen deutet darauf hin, finde ich." Verlegen weicht Hannes aus: „Die heiraten nicht wegen der Liebe. Vater sagt, die Reichen werden immer reicher, ihre Äcker, Wiesen, Felder und der Wald passen gut zueinander und so hübsch, dass er sie auserkoren hätte, sei sie nun wirklich nicht, aber die Mitgift ist schon schön!"

„Das ist keine Antwort auf meine Frage!"

„Ich musste meinen Platz in den Schulbänken oft wechseln, nicht gut, aber einmal saß auch mal Marianne vor mir. Helle schulterlange Haare, zwei elegante Zöpfe, leicht im Umgang mit Worten ist sie und perfekt im Rechnen. Auch beim Seilspringen kann sie niemand aus der Mitte vertreiben. Und dann hat sie sich zu mir umgedreht und wir haben eine kleine Ewigkeit den Blick getauscht. Ich konnte meine Augen nicht von ihren tiefblauen wegwenden und ich glaube, sie lächelte ganz leicht. Doch am nächsten Morgen saß Hugo vor mir! Und Martin trieb wieder seinen Schabernack mit ihr. Ein Grund mehr, dass du ihn in die Schranken weist, wie immer du es auch anstellen wirst."

„Wonach duftet sie?" Aus dem Moment gerissen antwortet Hannes: „Das kann ich dir nicht sagen. Keine Ahnung."

„Ihr Duft und du kennst ihn nicht. Der Duft ist betörender als der intensivste Blick. Zumal bei jungen Frauen, immer anders, manchmal eben außergewöhnlich. Sie verschandeln ihn nicht mit kölnisch Wasser, Lavendel, Jasmin oder anderen Aromen, von denen sie meinen, dass fördere ihre Attitüde."

Hannes traut sich nicht nachzufragen und den Chachaoya aus seinen Erinnerungen zu nehmen, außerdem ist er gerade viel zu sehr in diesen Blick versunken, den er bis in seinen Bauch spürt.

Ein paar Gedanken später fährt der Chachapoya fort: „Meine Sonnenfrau, ich musste sie unbedingt ansprechen, damit sie in dem schmalen Gang neben mir verweilte. Den flüchtigen Duft in einen längeren Genuss verwandeln. Endlich einmal überwand ich mich und dann so oft ich konnte. Denn als sie gegangen war, blieb diese Frische einer Wiese, von der sich der Tau löst im weichen Licht der sanften Dämmerung. Und du? Du kennst ihren Duft nicht!" Wieder ein wenig weiter: „Aber, dass lässt sich ändern. Marianne sitzt meist nach dem Essen am Nachmittag hinter dem Dorf am Bach. Geh und hol dein Versäumnis nach."

Woher der Chachapoya das nun wieder weiß, schießt es Hannes durch den Kopf und er wendet sofort ein: „Also, wir beide durchqueren das Dorf über die Hauptstraße hinweg zur anderen Seite. Guter Vorschlag!"

„Nein, Hannes, du wirst durch das ganze Dorf über die Hauptstraße hinweg zur anderen Seite laufen, ich muss da nicht mit."

„Ach und wenn ich Marianne erreicht habe, setzte ich mich grundlos zu ihr und ich kriege kein Wort heraus, aber schnuppere einfach an ihr. Danke, dass du mich für so mutig hältst!"

„Du könntest knapp an ihr vorbei gehen in aller Ruhe deine Nase nutzen. Aber das wäre kein Vergnügen, nur ein flüchtiges Ahnen, mehr nicht und viel zu wenig. Sie würde nur mit ihren Freundinnen kichern und sich nicht weiter beim Blumenkranzflechten stören lassen. Hannes, wenn ich gekonnt hätte, was du kannst, doch ich habe es erst später entdeckt." Noch bevor Hannes einhaken kann fährt der Chachapoya fort: „Ich dachte an eine Biene, vielleicht eine Hummel oder eine Grille, aber die lässt sie sicher nicht nah und nicht lange genug an sich heran. Die Lösung ist leicht, ein Schmetterling. Erst wird sie ihn mit den Augen verfolgen, wenn er auf sie zu und um sie herumtänzelt, sich nähert und wieder entfernt, dann bei der ersten zarten Berührung wird sie dahinschmelzen. Die farbige Leichtigkeit des Seins hat noch alle betört. Du musst nur auf die Vögel achten, für die bist du ein willkommener Happen. Aber keine Sorge, ich werde da sein und achthaben."

„Wie soll ich ohne dich wandeln und dann auch noch in einen Schmetterling und fliegen, das geht doch nicht. Du hast gesagt, fliegen, dass sei die hohe Schule und echt schwer?"

„Hannes, bist du heute der große Bedenkenträger? Es ist noch Zeit, wir üben jetzt und dann lass dich überraschen. Das Sehen wird ganz anders werden, als du es gewohnt bist und auch das Fühlen, aber kein Laut wird dich stören, weil du nichts hörst. Lege deine Hand auf meinen Unterarm!"

Kaum getan, taumelt und trudelt Hannes, bevor er an einem Grashalm vorbeischrammt, der ihn auf den Rücken dreht und unsanft in und Augenblicke später unter einige Gänseblümchen krachen lässt. Erstaunt wie perfekten Halt die Beine bieten, klettert Hannes auf eine Blüte und schaukelt mit ihr eine Weile im ruhigen Wind. Weit kann er nicht sehen in dem stark vergrößerten Blickfeld. Schon ein Stück weiter verschwimmt alles in Form, Bewegung und leuchtend bunten Punkten rund um ihn herum. Sogar der Himmel und die Wolken verwandeln sich in ein blau weiß getupftes Tuch. Dafür spürt er jede feinste Veränderung in dem ansonsten stetigen Luftzug. Seine ganze Aufmerksamkeit zentriert sich sogleich auf das gelbe Süß unter ihm. Er entspannt die Schnecke seines Rüssels und lässt ihn hinein sinken in das köstliche Meer der Pollen. Bisher war süß einfach süß, mal intensiver, mal verdünnter, aber hier und dort in den unterschiedlichen Blüten locken mannigfaltige Variationen dieser wunderbaren Versuchung. Selbst wo er nur Rot sieht, ist die Süße herb, Blau scheint mit Minze versetzt und im Gelb entfaltet eine feine Säure ihre Frische. Nicht die zäh den Mund füllende klebrige Süße des Kakaos, die sich den Rachen hinunter noch bemerkbar macht, sondern eine schwebende Süße, die sanft durch den Mund wandert.

Aus der Flut der Eindrücke holt ihn eine Ameise zurück, die gerade noch leicht verschwimmend jetzt deutlich vor ihm auftaucht. Riesengroß in seinen Augen, klettert sie einen Mohnstängel hinab. In den Greifern eingequetscht trägt sie eine noch mit den Flügeln zappelnde Blattlaus. Stimmt, da war ja die Ameisenstraße neben uns. Mit einem Stöckchen hatte ich einige aus dem Konzept gebracht, sie eingesammelt und auf dem Stab, ihn wendend, die ein oder andere, hin und her laufen lassen. Zurück auf dem Boden fanden die gestörten Ameisen erstaunlich schnell zurück auf ihre Straße. Jetzt sollten sie mir besser nicht zu nahekommen, ihr Stich brennt sicher ungemein. Seltsamer Geruch. Eine Kuh riecht so. Aufgerüttelt wandelt Hannes zurück und schmeckt noch die leckeren Reste der Mahlzeit im Mund.

„Möchtest du ein Nachtpfauenauge, ein Zitronenfalter oder ein Kohlweißling werden? Entschuldige, jetzt gerade sahst du eher einer fetten Motte ähnlich. Und übe endlich zu fliegen, sonst wird es nachher nichts mit einer punktgenauen Landung! Hilfreich ist es, nicht zu weit, von einem bunten Punkt zum nächsten, die Strecke zu wählen.", gibt der Chachapoya, auf den linken Arm gestützt neben ihm liegend, zu bedenken.

„Wenn ich die Wahl habe, ein Zitronenfalter. Die sind am schönsten, aber auch recht scheu." „Gute Idee, dann lässt du dich nicht so leicht überraschen. Und keine Angst, ich werde in deiner Nähe sein, hoch über dir und die Vögel dort fernhalten, dass sie still erstarren, wenn sie mich sehen."

„Fass meinen Arm."

Dieses Mal ist Hannes besser auf den Moment vorbereitet. Sobald er die Luft unter seinen Flügel spürt, fängt er leicht an die Arme auf und ab zu bewegen. Ein Hauch bringt ihn jedoch sofort ins Schlingern und deshalb nimmt er Kurs auf den nächsten blauen Punkt rechts seitlich gelegen. Als er die Kornblume erkennt, ist es auch schon fast zu spät, gerade so mit den hinteren Beinen bekommt er die Blüte zu fassen und kippt nach vorn über. Zum Glück geben die Greifer ja erstaunlich festen Halt und er wippt einen Augenblick mit der Blume, bevor er sich konzentriert rückwärts in ihr Zentrum arbeitet. Wieder kann er dem Duft nicht widerstehen und sein Rüssel saugt los, nachdem er entrollt ist. Wunderbar süß, aber in den Nachgeschmack hinein vermischt wird sie bitter. Da er schon ein bisschen Übung hat, kann er jetzt auf seine anderen Sinne besser achten. Jeder Luftzug scheint einen Vorboten zu haben, die seine langen Fühler erreichen bevor die Kräfte an ihm zerren. Kein Grund zu verweilen und ich soll sowieso üben. Heftig schlagend hebt er ab. Kaum hat er an Höhe gewonnen, beginnen seine Fühler zu signalisieren und langsam lernt er tapfer dagegen zu steuern. Mehr Kraft links, rechts schnell, wieder rechts, nun zügig links dagegen. Nach einer Weile weiß er die Bewegung besser zu kontrollieren und steigt mutig hoch und höher. Sein Flug wird immer mehr zu einer Linie. Sparsamer schlagen lässt ihn flacher fliegen und schon zieht ihn ein roter Punkt magisch an. Kurz bevor der langsam verwelkende Mohn sichtbar wird, senkt Hannes seinen Hintern und landet genau gerade. Zwei Schritte vor und er ist im Zentrum angelangt. Betörend schwere Süße umfängt ihn, die berauschend bis in den Kopf vordringt und nach der vollendeten Mahlzeit hebt er mit unglaublicher Leichtigkeit ab. Um Längen das Beste, was er je probiert hat. Und welche Leichtigkeit der Nektar verleiht. Und wie tief blau der Himmel über die Welt spannt; wie wohlig die Sonne wärmt und wie wunderbar bunt diese Wiese erstrahlt und diese Nuancen von Süß, vom Wind herangetragen, wie sie hier und dorthin locken.

Jäh gebremst von einem überlangen Grashalm, endet sein Tanz trudelnd und ernüchternd auf dem Rücken auf kalten Boden. Die Welt steht Kopf. Gar nicht so einfach wieder auf die Beine zu kommen. Auch spürt er die anschleichende Müdigkeit, aber Ausruhen hier unten im Schatten, nein. Aber zum Abheben ist es zu eng, also arbeitet er sich an einem Stängel wieder hoch und gibt Druck in seine Flügel. In den Startvorgang hinein wird ein schwarzer Fleck zwischen den weißen Tupfern im Blau in rasch zunehmender Geschwindigkeit bedrohlich größer. Hannes klappt aufgeschreckt die Flügel oben zusammen und im Sturzflug kracht er erneut und praktisch ungebremst auf die Erde. Für einen Moment werden dunkle Federn sichtbar, die über ihn hinweg rasen. Ein Vogel, davor hatte der Chachapoya eindringlich gewarnt.

„Na, du konntest ja gar genug bekommen. Schön war zu beobachten, wie du immer sicherer wurdest."

„Meine Arme fühlen sich an wie Blei, ich kann sie kaum heben. Bin ich lange unterwegs gewesen?", fragt Hannes.

„Eine Menge Wasser ist den Jordan entlang hinuntergeflossen, das steht fest. Ich habe inzwischen ordentlich Hunger bekommen."

„Ich krieg sicher keinen Bissen runter, so voll gefressen bin ich. Schau meinen Bauch."

„Lass uns gehen und leg dich ins Heu. Ich wecke dich rechtzeitig, dass du dich auf den Weg machen kannst."

„Aber wie soll das gehen ohne dich?"

„Hab Geduld, ein Schritt nach dem anderen. Ich will jetzt essen, zumal ich mir wohl selbst helfen muss!"

Die Tonlage des Chachapoya verrät, dass jedes weitere Wort bedeutungslos wäre und Hannes ist auch zu erschöpft, um tiefer zu bohren. Im Stall angekommen, legt der Chachapoya sofort los und befördert eine Futterrübe auf die Rutsche zur Trommel. Die Hexelmaschine steht auf vier weit ausgestreckten Beinen, so dass sie festen Halt hat. Hinten an der Kurbel der Trommel drehen und schon fräst sich die Raspel durch die Frucht. Die Späne rollen hin und her schaukelnd vorne runter in den bereitgestellten Eimer, der vier Rüben später schnell üppig gefüllt ist. Dazu eine ordentliche Portion Heu und etwas Schrot. „Was guckst du zu, Hannes? Leg dich lieber in die Scheune."

Momente später, als Hannes in seinen Träumen liegt, fliegt er durch das volle Gelb eines Sonnenblumenfeldes hoch oben auf einer der Terrassen der Stadt in den Anden, taucht in den Nebel des mächtigen Wolkenbaumes, sieht lange in die weiten und tiefen Augen von Marianne, spürt sofort das Kribbeln in seinem Bauch und wird schließlich wachgerüttelt von einem Schwarm ihn einkreisender krächzender Krähen. Alle tragen zu seinem Entsetzen Martins Kopf, alle mit einem unendlich kräftig überlangen Schnabel, bereit ihn zu verschlingen. Kein Entrinnen mehr. Immer wieder löst sich eine der "Martin-Krähen" mit aufgerissen Maul aus dem Verband und jagt auf ihn zu. Es gibt kein Entkommen, denn die hastigen Ausweichmanöver rauben ihm bald die Kraft.

Sanfter Druck lässt Hannes den Arm panisch wegreißen. Hochgeschreckt aus seinem Traum, schaut er völlig verwirrt zwischen Traum und Wirklichkeit dem Chachapoya ins Gesicht.

„Wer war denn dein Gegner?", will der wissen.

„Was für ein Traum, alles fing so wunderbar an, doch dann kamen Krähen. Gruselig, alle sahen aus wie Martin mit gierig weit aufgerissenem Maul."

„Klopf dich ab, eine Menge Heu hängt an dir und verscheuch deine Gedanken. Denn jetzt geht es los! Mach dich auf den Weg. Mit einer Freundin sitzt Marianne schon da. Fass mir auf den Arm."

„Bis dahin kann ich niemals fliegen und ich verfehle bestimmt den Weg."

„Halte meinen Arm! Ich gebe dir meine Kraft mit und wenn du die Mädchen entdeckst hast, höre in dich hinein, lass es zu und wandle unbemerkt."

Hannes fragt erst gar nicht, woher der Chachapoya weiß, dass die beiden dort sind und berührt, wie angewiesen, dessen Arm und sie trennen sich. Auf dem Weg zur Hauptstraße tauchen immer wieder Bilder seines Traumes auf und so geht er versunken grußlos an der Nachbarin vorbei. Eine kleine Gasse bringt ihn hinter die Gärten auf der anderen Seite des Dorfs. Rechts, ein Stück den schmalen Trampelpfad entlang, führt dieser zum Steg. Zum Glück stehen viele wilde Fliederbüsche an beiden Ufern, die Hannes Schutz bieten. Und tatsächlich eine lang gezogene Biegung hinauf, findet er die beiden Mädchen. Ihre entblößten Füße baumeln im seichten Wasser und sie flechten Kränze aus Gänseblümchen. Hannes beobachtet sie verborgen von den dichten Zweigen und kann sich nicht wirklich entschließen. Der Schrei eines Habichts holt ihn aus seinen Gedanken. Der kreist in Baumhöhe am Rand des Kartoffelfeldes. Die sonst aktive Vogelwelt verstummt und sucht sichere Verstecke. Geschützt bin ich, geht es ihm durch den Kopf. Ob es wirklich geht? Ich muss

nur! Da wandelt sich die Welt. Erst jetzt bemerkt er die Nacht-
pfauenaugen, die die lila Blüten immer wieder anfliegen und deren Kelche leer saugen. Für diese zarte Versuchung ist keine Zeit
und er macht sich auf den Weg, immer dem Ufer folgend, denn
es bietet Orientierung für den Flug. Kurz vor den beiden Mädchen, die er gerade so erkennen kann, setzt er sich ins Gras, bis
sie ihn bemerken. Dann steigt er auf, fliegt hinter sie, recht dicht
an ihren Haaren vorbei und landet noch einmal. Diesmal führt
ihn seine Route vor ihnen entlang und zwischen den beiden flat-
tert er auf der Stelle, um wieder seitlich zu landen. Schade, dass
ich sie nicht verstehen kann. Hoffentlich versuchen sie nicht,
mich zu fangen. Er hätte es bestimmt probiert, denn Schmetter-
linge sind eine einfache Beute. Aber seine Bedenken sind grundlos. Als er sie noch einmal umkreist, legt sich Marianne zurück
ins Gras, den Kopf in die verschränkten Hände hinein und ihre
Freundin stützt sich rückwärts gelehnt auf ihre Arme, als wollten
sie ihn zur Landung auf ihnen überreden. Hannes nimmt die
Einladung gerne an und fliegt über Mariannes Gesicht, an den
Augen kurz innehaltend, ins Haar. Kernseife, sagen ihm seine
Sinne, aber da ist noch etwas. Eine feine Säure und die leichte
Süße des Gänseblümchen Blütenstaubs vermischen sich. Auf
dem Arm ist ihr Duft wahrscheinlich eindeutiger. Vom Ellbogen
klettert er vorsichtig Richtung Achsel. Mariannes Arm fängt an
zu zucken. Sie ist sehr kitzelig, ich starte besser. Der Augenblick
reicht nicht ihren Duft zu beschreiben. In Seife und Säure sind zu
viele andere Nuancen vermischt, als dass er sie unterscheiden
könnte und deswegen nimmt er einen neuen Anlauf. Doch der
Landplatz am Hals ist schlecht gewählt, weil sie ihn nicht sehen
kann und so deutet er das Heben ihres Kopfes falsch und steigt
zur Vorsicht sofort auf. Auf ihrem Kleid etwa in der Höhe des
Bauchnabels macht er Halt und schaut zu ihr hinauf, auch ihre
Augen suchen ihn. Langsam klappt er die Flügel auseinander
und spürt kurz der Wärme nach, die ihm Kraft zurückgibt. Eine

ganze Zeit hält er ihren Blick. Wäre ich doch ein Nachtpfauen-auge oder wenigstens ein Zitronenfalter, die sehen in jedem Fall besser aus, als so ein einfacher Kohlweißling. Aber warum sollte sie einen Schmetterling mit mir in Verbindung bringen? Kurz entschlossen fliegt er rüber zu Mariannes Freundin auf ein Bein in Kniehöhe, um zu erforschen, ob sich die Düfte der beiden unterscheiden. Schon ziemlich ähnlich, ein wenig mehr Salz vielleicht und deutlich herber. Irgendetwas fehlt, ja auch wenn ich keine Worte finde und es nicht wirklich deuten kann, aber genau dies ist bei Marianne anders. Um sich sicher zu sein, wechselt Hannes noch einmal das Bein. Frische von Wasser liegt auf der Haut, anders als die des Bachs oder die Reste von Gras. Aber wie er es auch dreht und wendet, für diesen Duft fehlen ihm die Worte. Je näher er dem Saum des Kleides kommt, desto intensiver werden die Spuren, denen Hannes nachgeht. Was der Chachapoya alles weiß, geht es ihm durch den Kopf! Marianne kann ihr Bein nicht mehr stillhalten, so sehr sie sich bemüht. Aufgeschreckt, eilt Hannes davon. Tief in Gedanken knapp über der Wiese hat er keine Nase mehr für die zahlreichen Blumen. Erst der Fliederduft sammelt seine Gedanken. Kurz dahinter landet er im Gras. An sich selber denken! Zurück entdeckt er durch das dichte Blattwerk die beiden. Sie ziehen gerade die Schuhe an und werden wohl bald aufbrechen. Als Hannes sich umdreht, steigt der Habicht aus der Baumkrone mitten im Acker auf und grüßt mit seinem durchdringenden Schrei. In weiten Kurven gewinnt er schnell an Höhe und verschwindet über den ersten Dächern. Hannes läuft den Bach entlang. Am Ende des Dorfes treffen beide Läufe des Jordan wieder aufeinander und fließen in einem Bett weiter, das im Oberdorf von der Wassermühle geteilt wurde. Die Hauptstraße überbrückt den gemeinsamen Lauf und dort wechselt Hannes die Richtung zurück nach Hause.

In der Stube duftet der Pfefferminztee und sein Vater schneidet das Brot. „Setz dich zu uns, wir wollen anfangen. Hast du keinen Hunger?", will die Oma wissen.

„Kannst du mir bitte ein Glas Senfgurken aufmachen?", fragt Hannes, „nach all dem Süßen, ist mir nach Sauer und salzigem Schmalz."

„Das Glas musst du aus dem Keller holen, in der Kammer stehen keine mehr!"

Als Hannes mit den Gurken zurückkommt, ist sein Vater mit der Oma ins Gespräch vertieft. Wortlos reicht er das Einmachglas dem Vater, der kräftig an der roten Gummi Lasche zieht und nach einem leisen Zischen den Deckel abhebt. Bevor er Hannes die Gurken gibt, schnappt er sich ein Stück mit den Fingern. „Gute Idee!" Hannes versucht erst gar nicht dem Gespräch zu folgen und schmiert seine Bemme. In die Bisse hinein springen die Eindrücke. Zwischen süß und sauer, lieblich und herb, zart und bitter, nicht zu beschreiben, eigentlich neutral und so frisch. So gut riecht sie. Wie schwer meine Augenlider sind, ich lasse sie lieber geschlossen.

„Hannes, du erinnerst mich an deinen Vater, als der noch jünger war, als du jetzt.", beginnt, ihn aufrüttelnd, seine Oma. „Ich war auf dem Feld, Rüben verziehen und meine Mutter hatte deinen Vater in Obhut. Morgens war der Maurer gekommen, die letzte seitliche Wand der Räucherkammer im Hof hoch zu ziehen. Du weißt doch, draußen neben dem Tor, die wir nicht mehr nutzen."

„Du willst ihm diese Geschichte erzählen?", unterbricht sie der Vater. Aber seine Oma lässt sich nicht aufhalten. „Bevor wir aufs Feld gingen, war der Mörtel schon fertig gemischt und dein Vater ließ sich seinen kleinen Spielzeugeimer füllen. Dem Lot fällen, Schnur ziehen und spannen, Steine setzen und Fugen glätten, hatte er bis dahin immer zugeschaut. Besonders gut gefiel ihm, wenn der Maurer einen Ziegelstein in die Hand nahm auf den angehobenen Oberschenkel legte und ihn mit seinem Hammer, der vorne einen breiten Bart hat, rund herum anschlug, bis eine feine Linie entstand. Dann trennte er den Stein mit einem kräftigen Schlag in zwei Hälften und beseitigt zum Schluss noch die stehen gebliebenen Bruchgrate. Dein Vater sammelte die Brocken und deswegen dachten alle, er wäre hinter die Scheune und an die Arbeit gegangen."

„Ach, den Turm hat Papa gemauert, den habe ich hinten am Stall entdeckt.", unterbricht Hannes die Erzählung der Oma. „Mutter hatte eh zu tun und so achtete niemand auf ihn.", fährt sie fort, „zum Frühstück kam dein Vater auch nicht rein, aber oft reichte ihm ein Stück Hefestreifen und Milch, also war es eigentlich nicht ungewöhnlich. Als der Maurer später das Holz aus dem Fenster nahm, auf dem er die quer liegenden Steine des Halbrunds gemauert hatte und die Stütze unter dem Sturz über der Tür herauszog, torkelte dein Vater durch das offene Scheunentor. Ein, zwei Schritte weiter kippte er, ohne sich abzufangen, seitlich nach vorn und schlug auf das Pflaster. Mühsam rappelte er sich hoch, um sofort wieder hinzuschlagen. Der Maurer, der den Fall aus den Augenwinkeln beobachtet hatte, rannte sofort ins Haus und schrie nach deiner Uroma. „Ihr müsst schnell kommen, mit eurem Enkel stimmt etwas nicht! Hinten am Tor ist er einfach umgefallen." Beide rasten nach draußen, rüttelten an ihm. Er blieb regungslos. Vorsichtig legte der Maurer ihn sich auf die Arme und trug ihn hinauf ins Bett. Meine Mutter lief, ohne sich den Lappen über die Haare zu binden, aufs Feld und holte mich. „Der Jung stirbt, komm mit nach Hause, der Jung stirbt." So schnell es geht, eilten wir zurück. Ich hob deinen Arm, kraftlos sank er zurück, ich fasste die Stirn, Fieber war es nicht. Ich beugte mich vor, um deinen Atem zu spüren. Da roch ich deine Fahne. „Der Jung ist betrunken!"

„Wie das denn, er war doch im Garten."

„Riech selber, er hat eine Fahne!"

„Wo soll er denn, im Haus war er nicht!"

„Es reicht.", unterbricht der Vater die Erzählung, „im Wassereimer, in dem der Stiel des Maurerhammers aufquillt, fand ich eine Flasche."

„Zum Glück war nicht mehr allzu viel Korn drin.", ergänzt die Oma, „der Maurer hatte sie dort zum Kühlen in der Scheune für den Feierabend bereitgestellt und du hast einige kräftige Schlucke aus der Pulle genommen."

„Und du hast mir den Finger in den Hals gesteckt und ich habe mich übel übergeben, aber davon weiß ich nichts mehr. Auch hast du mir ein Weihnachtsgeschenk verweigert, obwohl ich nichts dafürkonnte, Neugier halt. Ich habe trotzdem eins bekommen, meine erste Zange und meinen ersten Hammer, vom Vater!"

„Hannes, du siehst fast genauso müde aus wie dein Vater damals, geh lieber ins Bett, bevor du hier am Tisch einschläfst.", empfiehlt seine Oma.

Im Bett versucht Hannes noch, gegen die bleischwere Müdigkeit ankämpfend, sich auf die Begegnung mit Martin vorzubereiten. Martin, ich habe Karbid. Martin, ich brauche deine Hilfe. Martin, kannst du mal zu uns rüber auf den Hof kommen. Martin.....

Er versinkt in einen traumlosen Schlaf.

Die Hochzeit

Am Morgen wacht Hannes spät auf. Sein Vater versorgt die Kühe und die Oma hat sich früh auf den Weg gemacht. Es gibt viel zu tun bei der Vorbereitung einer Hochzeit. Deswegen haben die beiden ihn schlafen lassen. Jetzt strahlt die Sonne schon hoch in sein Zimmer. Zügig zieht er sich an und mit einem Stück Zuckerkuchen auf der Hand verlässt er das Haus. Als er schon fast am Ende des Zauns angekommen ist, kläfft ihn der Spitz der

Nachbarin wie immer an. Und jedes Mal erschreckt er sich ordentlich und weicht instinktiv einen Schritt beiseite. „Mann!", stöhnt Hannes vor sich hin. Erstaunt schaut der Geselle des Bäckers. Hannes passiert ihn besser schnell. Der denkt bestimmt, ich habe ihn gemeint. Das hätte auch eine schallende Ohrfeige für die Unhöflichkeit zur Folge haben können, zum Glück trägt er einen schweren Brotkorb. Dieser blöde Köter kläfft dauernd alles an, was sich bewegt.

Im Hof lässt Manfred gerade die Rasierklinge über ein breites, braunes Lederband gleiten, das an der Haustür befestigt ist. Den Daumen über den Grat schabend prüft er die Schärfe der Klinge. Mit dem Rasierpinsel hat er das Gesicht des Onkels schon eingeschäumt und beginnt hinter ihm stehend vorsichtig am faltigen Hals die Rasur. Hannes bekommt beim Zuschauen eine Gänsehaut. Aber sein Cousin ist routiniert und der Onkel lässt sich, an der Nasenspitze gefasst, gut in die unterschiedlichen Lagen dirigieren. An einem über die Lehne hängenden Handtuch streift Manfred den Schaum vermischt mit den Stoppeln vom Messer ab. Nur bei den ersten Versuchen gab es hier und da mal einen Schnitt. „Gehst du auch zum Tannensetzen?", will Hannes wissen. „Muss ich doch, der Onkel ist eingeladen. Bei jeder Gelegenheit sitzen er und die Nachbarn zusammen und spielen Skat. Seit er nichts mehr sieht, sehen meine Augen für ihn. Zum Glück sind seine Ohren gefeilt und die anderen haben genug Geduld, bis wir uns beraten haben."

„Wo hast du die Schuhwichse hin?", schreit der Bruder seines Vaters im Flur bevor er den Hof erreicht. Mit langer flatternder Unterhose, einem langärmeligen Unterhemd und Strumpfhaltern unterhalb der Knie für die schwarzen Socken, die in Filzpantoffeln stecken, tritt er durch die Tür. Was Hannes aber sofort ins Auge sticht, ist die Bartbinde. Mit Gummibändern ist ein Leinen Doppeltrapeztuch um die Ohren herum über den gezwirbelten

Oberlippenbart gespannt, das die ergrauten Barthaare zur rechten und linken in weiten Kreise auf den Wangen in Form bringen soll. „Gestern Abend vorm Anlegen der Binde habe ganz vergessen den Bart zu schwärzen. Hoffentlich kann ich das noch nachholen, ohne die Form zu ruinieren." Über der Faust steckt ein schwerer, schwarzer Lederschuh, auf den er kurz spuckt. Die Bürste in der anderen schwingt über das Material und bringt es zum Glänzen. „Geht doch! Beim Schuhputz ist es mit wieder eingefallen. Wo hast du die Creme hingestellt, Manfred?"

„Du hast sie zu Letzt benutzt, ich war schon fertig und habe sie dir gegeben.", verteidigt sich Manfred.

„Ich glaube, du wolltest in die Werkstatt, ein oder zwei Nägel einschlagen, die Sohle am linken Schuh war lose."

„Stimmt, vielleicht steht die Dose auf der Werkbank."

„Ich komm mit.", sagt Hannes schnell. „Ich wollte nach der Zigarrenschachtel schauen. Was noch zu tun ist."

„Oh, die fast fertig.", entschuldigt sich sein Onkel. „Ich konnte nicht widerstehen und habe sie zusammengebaut und geölt, um die Maserung besser hervorzubringen. Ein bisschen nachschleifen und ein zweiter Gang, das ist es. Sie ist ein wahres Schmuckstück geworden und die Zigarren, die ich für dich gekauft habe, passen hervorragend hinein. Hinten in den Schrank mit den Glasfenstern habe ich sie gestellt, geschützt vor dem Staub. Ach, da steht die Schuhcreme."

„Kann ich sie bis zu Vaters Geburtstag hierlassen?"

„Na, was denn weiter. Hol sie, wann immer du möchtest." Nachdem er die Schachtel in den Händen hin und her gewendet und bestaunt hat, drückt er seinen Onkel: „Vielen Dank!"

Draußen im Hof hat Manfred die Rasur beendet und holt gerade den Stuhl ins Haus. Die Tante ist für das Ankleiden zuständig. „Wird dir nicht langweilig, immer bei den Erwachsenen zu sitzen?", hakt Hannes nach.

„Ich lerne. Früher war ich ein Hasardeur, habe auf den Stock gereizt, konnte nicht mitzählen und wusste nicht, wie man einen in die Zange nimmt, auch nicht, was Vor- und Hinterhand bedeutet. Das wäre mir bald mal zum Verhängnis geworden. Zwei aus meiner Klasse hatten mich eingeladen mit ihnen zu spielen und mein Schuldenberg wuchs und wuchs. Vertieft ins Spiel, merkte ich nichts und viel zu spät, fragte ich mich, wo ich das Geld zum Begleichen der Schulden hätte hernehmen sollen. Immer in der Hoffnung, dass bei der nächsten Runde endlich alles besser wird, stieg meine innere Not. Die Runden Pflichtramsch vergrößerten den Abstand noch mehr. Das letzte Spiel begann. Jede Karte, die ich aufnahm, passte. Das vollkommene Blatt. Ein Grand mit vieren und eine Eichelstraße, das As über den Unter hinunter. Kein Stock war nötig: Grand Hand, Schneider, Schwarz, mit Ansage! Sie glaubten mir nicht und reizten gegen mich alles aus. Lässig legte ich die Karten auf den Tisch. So ein Blatt bekommst du einmal im Leben. Ich im rechten Augenblick. Sie knallten die Karten hin. Beim Abrechnen stellte sich heraus, dass ich niemand etwas schuldig blieb. Ich bin heute noch unglaublich erleichtert und verstehe, dass die alten Herrschaften um ein Bier spielen, mehr nicht. Wenn der Onkel gewinnt, werde ich mit Salmiak Rauten entlohnt."

„Klingt ziemlich aufregend, was für ein Blatt. Ich mach mich dann mal los.", verabschiedet Hannes sich.

Schnell schleicht er dort angekommen ins Hochzeitshaus. Nur nicht Martin schon jetzt begegnen. Draußen im Hof stimmen die Musiker ihre Instrumente und an die langen Tischreihen werden Stühle gestellt. Ansonsten sind alle zu beschäftigt, als dass sie einen Blick für ihn hätten. Nach einer kurzen Suche findet er die Küche. Eine Frau fischt gerade Knochen aus dem riesigen Topf und legt sie tropfend auf dem Tisch. Eine andere nimmt vom Haufen der schon abgekühlten einen und schabt mit einem Löffel das Mark aus dem Hohlraum des Knochens und streift es auf einen Teller. Zwei Stühle sind zurück an die Wand gestellt, zwischen den dort sitzenden Frauen stehen Eimer, in dem die geschälten Kartoffeln lagern. Die Schalen landen in den Schürzen. Gerade gefüllt und mit einem leeren getauscht und zu drei anderen gestellt, zündet eine Nachbarin ein Streichholz, nimmt den bereitgelegten Löffel und verbrennt über dem ersten Eimer Schwefel im Löffel. Damit die Kartoffeln nicht vergilben, hat ihm die Oma erklärt. Auf der Arbeitsplatte des Küchenschranks werden Eier aufgeschlagen und mit Milch in der Schüssel verquirlt. Eine Prise Salz dazu, dann wird die zähe Flüssigkeit in Tassen abgefüllt, die vorsichtig in einen Topf mit heißem Wasser gesetzt werden. Ein Tuch verschließt das Ganze. Auf der anderen Hälfte des Tischs schneidet die Oma gerade Fleischwürfel für die Rindfleischsuppe, das große Stück bleibt für den Tafelspitz. „Möchtest du probieren?", fragt sie Hannes, noch bevor er sie begrüßen konnte. Der lässt sich nicht zweimal bitten.

Jetzt ist es Zeit, die Klößchen zu zubereiten. Das Mark wird in einer kleinen Pfanne zerlassen und durch ein Sieb gegossen. Die Frau am Herd rührt das abgekühlte Fett schaumig. Danach vermengt sie die Masse mit Ei, Salz, Pfeffer, Petersilie und fügt Paniermehl hinzu, bis der Teig geschmeidig ist. Von einem Esslöffel herunter drehen sie die Portionen in kleine Kugeln, die auf einem Brett aufgereiht werden.

„Und?", will Oma wissen. „Mhm, lecker.", antwortet Hannes mit gut gefülltem Mund.

„Soweit ist alles vorbereitet, kommt ihr mit den Kartoffeln bald mal zu Potte! Wir müssen auch noch die Brote schmieren. Es kann nicht mehr lange dauern, dann sind sie mit den Tannen zurück und haben Schmacht."

„Gehst du die Wurst holen."

„Klar." Nachdem die Nachbarin mit dem Tablett zurückkehrt, reiht sie hinten Leber-, Blutwurst, Presskopf, geschnittenen

Schinken und frisches Mett in einer mächtigen Schüssel auf. „Der Metzger hat es mit Kümmel gewürzt."

„Das ist so gar nicht meins!"

„Was, anders ist Gehacktes gar nicht zu genießen."

„Die merken in ihrem besoffenen Kopf eh nicht mehr, was sie da futtern." Die Unterhaltung kommt jetzt richtig in Gang. Zwei Frauen schmieren Butter auf die knusprigen Brotscheiben, die anderen verteilen die unterschiedlichen Beläge. „Saure Gurken kommen noch mit auf die Tische."

„Wen haben sie denn diesmal geschickt?"

„Arnold war der jüngste beim Schlachten. Erst hat er das Blut gerührt, dann ist er durch das ganze Dorf gelaufen, aber hurtig, den Speckhobel aus der Mühle zu holen."

„Der Müller meint es immer besonders gut und hat ihm einen schwer gefüllten Sack mitgegeben. Der Hobel wiegt halt."

„Hat sicher gedauert bis Arnold wieder eintraf."

„Total verschwitzt kam er an."

„Und wo er denn bliebe, das gab ihm den Rest."

„Lass sehen! Der Speck wartet schon."

„Wie Backsteine, wozu brauchen wir denn Steine für den Speck und das Wurstmachen?", fragen sie Arnold im Chor.

„Da hat sich der Müller bestimmt vertan und dir den falschen Sack mitgegeben." Brausendes Gelächter.

„Da musst du wohl noch mal los!"

„Der arme Kerl konnte seine Tränen nicht mehr verbergen. Aber bevor er sich wieder auf den Weg machen konnte, haben sie es aufgelöst. Einen Speckhobel gibt es doch gar nicht! Und wozu soll der beim Schlachten auch gut sein?"

„Das sind doch alles blöde Initiationsriten. Wie die Jungs in den ersten strengen Frostnächten los zu schicken, Kohlfelder zu bewachen. Da wären Diebe am Werk, der Kohl brauche Schutz. Oder sie trockenstehende Kühe melken zu lassen. Selbst nach dem Abkochen schmeckt der gemolkene winzige Rinnsal Milch ekelerregend." Eine der Frauen verteidigt das Tun trotzdem: „Das gehört zum Erwachsenwerden dazu, wie die Konfirmation, das erste Mädchen und Tanzen lernen."

„Jeder hat das erlebt."

Die „Chefin" der Nachbarsfrauen wechselt das Thema: „Eine ganz andere Frage, machen wir die Klöße Morgen ein bisschen kleiner?" Else, wenn du sie in deinen Händen rollst, werden sie einfach zu groß."

„Bestimmt zählt wieder einer, wie viele er schafft, wie euer Geselle seiner Zeit. Elf Stück, unfassbar, so viele zu verdrücken!"

„Dafür hat er sich auch den ganzen Nachmittag auf dem Sofa gequält und auch einige Gläschen Kräuterschnaps halfen nicht.", bemerkt die Oma.

„Wir zwei reiben die Kartoffeln, du presst sie und Else stampft den Kartoffelbrei. Schlag zwölf servieren wir die Suppe."

„Denn Punkt zwölf wird gegessen, gar oder nicht.", unterbricht der Chor der Frauen.

„Dann den Tafelspitz raus auf die Tische und gleichzeitig lassen wir die Klöße zwanzig Minuten ziehen und dicken die Schweinebratensoße an.", fährt sie unbeirrt fort und wirft währenddessen einen Blick in die beiden Bräter im Ofen. „Den Rotkohl wärmen wir während dessen auf. Danach der Pudding, zum Glück hat der Rest des Opekta zum Andicken der Kirschen gereicht. Bitte vergesst morgen eure Kaffeemühlen nicht. Nach dem Abwasch schneiden wir den Kuchen und was übrig bleibt vom Gebäck sollte auch für den Kaffee so gegen Mitternacht reichen. Ich denke, wir haben alles im Griff." Erst jetzt bemerkt Hannes, wie warm es in der Küche ist.

„Lasst uns die Brote rausstellen."

„Stimmt, draußen ist es laut geworden, sie sind zurück."

„Trägst du auch zwei Platten?", bittet Oma Hannes. Vor dem Tor ragen schon die beiden Tannen in den Himmel. Das Brautpaar steht hinten an der Scheune mit Besen, Schaufel und Schubkarre bewaffnet und um sie herum die Gesellschaft im Halbkreis. Für alle Neuankömmlinge bildet sich eine Gasse. Vorne angekommen, zerschmeißen sie mit Getöse altes Porzellan und Tongut, heftig viel.

„Fegen, Fegen!", brüllt die Menge. Einer reicht dem Bräutigam zur Stärkung ein Glas Bier.

Hannes erspäht Martin und drückt sich seitlich von hinten durch die Menge, um neben ihn zu kommen. Da dringen Stimmen an sein Ohr. Kurz belauscht er das Gespräch. „Wie lange der Schmetterling auf dir verharrt hat."

„Ich hatte große Mühe still zu halten, so sehr hat es gekitzelt."

„Wunderschön, ich war ganz verzaubert." Marianne, als hätte sie ihn gespürt, dreht sich um und schaut Hannes lange, den Blick haltend, tief in die Augen. Beide wechseln kein Wort.

Was für ein großer Feigling ich doch bin, wenn ich wenigstens tanzen könnte. Er wendet sich ab, seinem Ziel zu. Jetzt weiß ich allerdings, was dieses eigentümlich Besondere an ihrem Duft ist. Da waren sie wieder, Pheromone, nur bei ihr. Na klar, daher kenne ich sie, geht es Hannes durch den Kopf. Ameisen finden sich mit diesem Aroma auf ihren Straßen zurecht, indem ständig kleine Geruchsmarken hinterlassen. Seltsam, dass dieser kaum wahrnehmbare Stoff Mariannes Duft so unwiderstehlich macht.

Langsam drängelt Hannes weiter durch die Leute, bis er Martin fast erreicht hat. Neben ihm angekommen, flüstert er hastig: „Karbid, ich habe Karbid!" Bevor Martin reagieren kann, geht Hannes auf das Brautpaar zu, nimmt seinen Teller hinter dem Rücken hervor und zerschmettert ihn mit aller Kraft auf dem Pflaster. Wieder zurück, stellt er sich neben Martin. Gespannt gierig geworden fragt der sofort: „Wo?"

„Im Kuhstall gut versteckt."

Lässig folgt das langgezogene: „Und?"

„Ich brauche Hilfe, Martin, keine Ahnung, wie ich das Zeug zünden kann."

„Ach, das ist eine meiner leichtesten Übungen."

„Kommst du vorbei und zeigst es mir?"

„Ich zu Dir?"

„Bitte, Martin, es war schwer genug dranzukommen."

„Na, ja, ich will mal nicht so sein."

„Bringst du Paul und Hugo mit? Wir brauchen jemand, der Schmiere steht."

„Sagen wir Morgen!", schlägt Martin prompt vor.

„Da ist Sonntag und Vater zu Hause."

„Gut, dann eben übermorgen."

„So gegen elf?"

„Alles klar!", lässt Martin Hannes noch wissen. Der macht sich gleich aus dem Staub. Seine Aufregung legt sich langsam. Dass war viel einfacher, als er es sich immer wieder ausgemalt hatte. Hinter den Gästen bleibt er stehen und schaut sich um. Das Bier vom Fass fließt in Strömen und in der Diele wird getanzt. An den Tischen sitzen verstreut nur einige Gäste noch ins Gespräch vertieft. Ich gehe nach Hause, vorher aber Oma noch Bescheid sagen. Nirgends kann er sie in dem munteren Treiben entdecken. „Diese Mistkerle!" Die Stimme seiner Tante. Mit der Oma geht sie stracks auf die Krudekammer zu. Hannes folgt den beiden. „Sie haben ihn abgefüllt! Nach jeder Runde beim Skat, ein Brauner oder Weißer!" Manfred liegt in einer Zinkbadewanne, alle viere von sich gestreckt, selbst sein Kopf hängt schlaff hinten über. Im Mundwinkel qualmt eine Zigarre. „Den ganzen Tag Morgen hast du dir versaut! Das schöne Essen, nichts wirst du genießen können.", schreit seine Mutter und zur Oma gewandt: „Hilfst du mir dieses Häufchen Elend in sein Bett zu bringen."

„Stell einen Eimer daneben, den wird er brauchen, sicher dreht sich schon jetzt alles."

„Ich will nicht!", versucht Manfred sich lallend zu wehren. „Durst, mehr Bier!" Aber Widerstand ist zwecklos. Die beiden Frauen ziehen ihn aus der Wanne und mit den Armen auf ihren

Schultern und schleifenden Füßen geht es Richtung Heimat. Hannes beobachtet die Szene. Ein Essen zu verpassen, dass wird Morgen seine geringste Sorge sein, denkt er und macht sich auch auf den Weg.

Durch die Felder

Am Morgen nach der Hochzeit, auf dem Marmeladenbrot kauend, folgt Hannes dem Gespräch am Tisch. „Eine schöne Feier war das, aber viel Arbeit in der Küche. Von dem Kuchen ist nichts übriggeblieben. Wie ein Rudel Wölfe haben die in der Nacht noch einmal die Reste verputzt. Zum Glück ist nur eine Sammeltasse zu Bruch gegangen. Um sechs haben sich die letzten auf den Heimweg gemacht, gleich in den Stall zum Füttern und melken. So jung wäre ich auch gerne noch einmal."

„Was kochst du heute Mittag?", will sein Vater wissen.

„Ich habe von der Suppe mitgebracht und heute Nachmittag wollte ich Windbeutel machen. Ihr sollt auch ein bisschen verwöhnt werden. Hannes du musst mir beim Brandteig helfen, rühren und Eier zu geben kann ich nicht alleine, da verbrennt der Teig."

„Na, klar." Er liebt die Sturmsäcke, wie sein Vater sie zu nennen pflegt.

„Wir kommen gleich nach der Kirche und dem Friedhof rüber. Höchste Zeit, Hannes, wir müssen los." Zu spät zum Gottesdienst kommen, geht gar nicht. Im Flur greift Vater die bereitgestellte Rose und sie verlassen das Haus. Die Glocken läuten schon.

„Ich muss noch mal zurück, ich habe den Stein vergessen. Geh schon vor, ich renne und hole dich ein."

Seine Oma hat den Kiesel schon gefunden und gibt ihm auch noch die zwei Pfennig für die Kollekte mit, als er auf den Hof kommt. „Ganz schön kopflos heute, was Hannes?" Er nimmt beides und ist schon wieder weg. Der Küster wird ihn sicher irritiert und grimmig anschauen, wenn er gar nichts in den Beutel legt. Sonst ist es ja immer ein Pfennig. Gott ist hoffentlich nicht böse, dass der andere jeden Montag im Laden für Salmiakrauten landet. Die klebt sich Hannes mit Spucke zwischen Daumen und Zeigefinger auf den Handrücken, um eine ganze Weile etwas zum Lecken zu haben. Diesmal braucht er allerdings die doppelte Menge Rauten, denn der Chachapoya soll nicht leer ausgehen.

Kurz vor der Kirchentür erreicht er seinen Vater. Zielstrebig eilen sie zu ihren Plätzen. Rechts sitzt das Oberdorf im Kirchenschiff und drei Bänke von hinten links außen sie. Der Schreiner hat sich alle Mühe gegeben, dass niemand auf ihnen einschläft, so hart und steil sind sie. Zum Glück dauert ein Gottesdienst nicht länger als eine Stunde und zwischendurch darf man auch mal aufstehen. Hannes mag diesen Moment der Woche. Auch wenn er den Lehrer furchtbar findet, Orgelspielen kann er ziemlich gut. Ein Schüler ist eingeteilt den Blasebalg zu treten und wehe ihm, er gerät dabei aus dem Rhythmus. Die Bandbreite der Töne ist gewaltig und wenn der Organist alle Register zieht, spürt Hannes die tiefsten Noten der Basspfeifen in seinem ganzen Körper. Die Ordnung ist immer gleich. Nach der Begrüßung und dem ersten Lied folgen Gebete, Wechselgesänge, Lesungen und das Glaubensbekenntnis, das Hannes inzwischen auswendig kann und noch ein Lied. Das erste war: All Morgen ist ganz frisch und neu, jetzt singen wir: Befiehl du deine Wege. Oma fragt beim Essen bestimmt wieder. Die meisten kann sie ohne Buch singen. Im Konfirmandenunterricht haben sie sie auswendig gelernt und bei der Prüfung vor der Konfirmation achteten die Kirchenältesten kritisch, ob sie auch ja keine Fehler machten. Einen Schüler haben sie wegen seiner Faulheit nicht zur Konfirmation zugelassen. Und einmal als Oma mit Elke und Helga zum

Unterricht gingen, war ihre Freundin so vertieft ins Lernen, mit dem Gesangbuch vor den Augen, dass sie sich einen Fehltritt leistete und in den Graben der Chaussee purzelte. Trotzdem holt Oma bestimmt wieder ihr Gesangbuch aus der guten Stube und liest die Lieder. Mit Goldschnitt ein Geschenk ihrer Patin und ein Spitzentaschentuch, geht es Hannes durch den Kopf. Ein schwarzes Kleid und die ersten Lederschuhe hat sie beim Fest ihrer Einsegnung getragen. Am nächsten Morgen ging es sofort in Stellung und um sechs musste sie schon die Kühe melken. Jetzt habe ich die Bibelstelle zur Predigt verpasst, ich muss gleich Vater fragen, sonst kann sie den Text nicht in ihrer Bibel finden und ich muss mir ihre Predigt anhören. Da oben auf der Kanzel hoch über dem Altar musst du schon schwindelfrei sein. Hannes schaut dem Pfarrer in die Augen, seine tiefe Stimme klingt angenehm, findet er, dass der solange frei reden kann, erstaunt Hannes immer wieder. Die biblische Erzählung kenne ich: Ein Hof mit Knechten und Mägden und der Vater hat zwei Söhne. Einer verlangt sein Erbe. Aber das geht doch nicht! Der Vater lebt ja noch. Trotzdem bekommt er es und macht sich auf und davon mit dem Geld, sein Leben zu genießen. Viele Freunde findet er und gönnt sich einfach alles. Doch nach einer tiefen Not in der Gegend hat er das Vermögen verbraucht und ihn treibt schon der Hunger. Niemand hilft ihm, auch nicht einer, seiner neuen Freunde. Da muss er sich Arbeit suchen und landet bei den Schweinen. Haben wir auch, daran ist nichts Schlimmes, findet Hannes. Doch der Bauer verlangt die volle Leistung, bevor er ihm vergammelte Reste vom Brot zu essen gibt. So schlecht behandelt, viel schlimmer noch als unsere Erntehelfer hier, erinnert sich der Sohn an zu Hause. Ich gehe lieber zurück und arbeite dort als Knecht. Dieser Entschluss ist ihm wahrlich echt schwergefallen, denn zu Hause bekommt er sicher zu hören, dass er sein ganzes Leben versaut hat.

Aber schon von Ferne entdeckt der Vater ihn, denn er hielt Ausschau nach dem Sohn, jeden Tag. Und ihm entgegengelaufen, nimmt er seinen Sohn lange in den Arm.

„Alles habe ich falsch gemacht, Vater, bei dir hat es jeder deiner Knechte besser, als es mir ergangen ist. Bitte, lass mich ein Knecht sein."

„Ich konnte dir die Erfahrung nicht ersparen, da musstest du alleine durch, mein Sohn. Gut, dass du nach Hause zu mir zurückgekehrt bist, ich bin überglücklich. Komm, wir feiern jetzt das Fest deiner Heimkehr!"

Unglaublich, schweifen Hannes Gedanken ab, der Vater liebt seinen Sohn über alle Maßen. Du musst gönnen können, mein Sohn. Beginnt er wieder zu zuhören. Alle Not zwischen den Menschen kommt vom Vergleich. Jeder lebt ein anderes Leben, aber keiner ungeliebt und darum soll sich niemand über einen anderen erheben, oder ihn gar verurteilen. Freu dich doch mein Sohn, dass dein Bruder wieder da ist und jetzt endlich wieder bei uns lebt!

Das Lied nach der Predigt und alles Weitere bis zum Segen überhört Hannes. Gott ist ja gar nicht der grimmige Schiedsrichter, für den ich ihn immer gehalten habe. Er stellt dich nicht vom Platz, nicht mal so einen, wie mich. Er ist eher wie dieses freundlich lächelnde Gesicht in den Wolken, das dein Leben in allen Höhen und Tiefen begleitet. Gott kommt dir entgegen und nimmt dich einfach in die Arme. Diese wohltuende ungeahnte, erleichternde Freiheit öffnet Hannes eine bis dahin unbekannte Leichtigkeit des Seins.

Mit dem Orgelspiel verlassen sie die Kirche und tatsächlich trifft ihn der Blick des Küsters, als Hannes ohne Kollekte geht. An ihrem Grab angekommen, wechselt sein Vater die Rosen und er legt seinen Stein, nachdem er auf ihren geklopft hat, zu den vielen anderen.

„Einen schönen hast du diesmal mitgebracht. Woher kennst du das mit den Steinen?", will sein Vater wissen.

„In der Stadt liegt auf dem Weg zum Superintendenten ein kleiner Friedhof. Viele Grabsteine sind schon schräg und ganz vermoost, aber auf allen liegen kleine Steine. Mir gefällt das, weil die Steine bleiben und nicht verwelken, so wie deine Rose."

„Das ist wohl wahr."

„Wie war sie?", will Hannes ganz unvermittelt wissen.

„Ich dachte schon, du würdest nie fragen! Lass uns durch die Felder gehen, das hat sie mit mir oft getan. Ich wollte warten, bis du breit bist und deinen Verlust und den Schmerz nicht noch vergrößern. Das Essen hat Zeit, Oma muss sich mal gedulden."

„Wir waren fast Nachbarskinder.", beginnt der Vater. „Doch fünf Jahre lagen zwischen uns. Ich kannte sie, mehr nicht. Auch in der Schule fiel sie mir nicht auf, obwohl sie wunderschön war. Du kennst ja das Bild. Erst als ich nach der Gesellenprüfung zurückkam und wieder zu Hause einzog, liefen wir uns über den Weg. Ich sehe sie noch die Straße entlang auf mich zu gehen. Selten trug sie ihr Haar offen, wie an diesem Tag und ihre großen grünen Augen trafen meine und sie hielt stand, bis wir aneinander vorbei waren. Da war noch etwas, dass ich nicht in Worte kleiden kann und mich begleitete, bis ich in der Werkstatt ankam."

„Ihre Art sich zu bewegen oder vielleicht ihr Duft?"

„Ich habe nie versucht, auch später nicht, das Rätsel zu lösen und ließ es lieber ihr verzauberndes Geheimnis bleiben. Unerwartete Kleinigkeiten, wie die frische am Morgen, der Geschmack einer Speise, dass Rot der Mohnblumen, lassen sie sofort wieder um mich sein, vor mir oder neben mir und ich höre ihre weiche und sanfte Stimme.

Unbedingt wollte ich sie wiedersehen und fragte deine Oma aus. Ob sie versprochen ist, einen Freund hat, einer ihr schon eine Birke gesetzt hätte und was sie macht.

Nächte lang grübelte ich vor mich hin, wie ich sie ansprechen könnte. Sie arbeitete im Laden hinten um die Ecke bei der Gaststätte. Das war die Lösung. Du glaubst gar nicht, wie oft ich von da an in den Laden ging. Immer klingelte das Glöckchen und eine oder zwei Frauen kauften gerade ein, oder kamen rein, oder die Chefin stand neben ihr, oder sie war nicht da. Als ich eines Abends von der Arbeit kam, ziemlich verschwitzt, wir hatten Ringe auf Fässer gezogen, stand sie plötzlich vor mir und sprach mich an und fragte wie es mir ginge. Meinen lang geübten Text konnte ich vergessen. Trotzdem stotterte ich ihn in meiner Not unvermittelt, ohne ihre Frage zu beantworten, heraus: Sonntag, ein Stück spazieren willst du gehen mit mir, vielleicht? Sie willigte zu meiner großen Überraschung ein und ich flüchtete davon. Die Tage zogen zäh dahin von Dienstag an. Ich pflückte einen Strauß Feldblumen und dann stand ich vor ihrer Tür. Weit lächelnd öffnete sie und wir schlugen den Weg hinter der Mühle ein in den Wald zur großen Lichtung hin. Aus den Blumen flocht sie einen Kranz und ich erzählte. Von meinem strengen Meister, bei dem kleinsten Fehler gab es auf die Finger, seiner Eile beim Essen, sobald er fertig hatte, ging es zurück in die Schmiede, den Eisblumen am Fenster und von der Sehnsucht nach zu Haus, redete ich in einem durch und sie war eine wunderbare Zuhörerin. Und dann, in einem kurzen Moment der Stille, wendete sie sich zu mir, sah mir in die Augen und küsste mich mit ihren vollen weichen Lippen ganz zart. Ob das so richtig sei, sie hätte es noch nie zuvor getan. Als Antwort nahm ich sie in den Arm und erwiderte ihren Kuss und seitlich versanken wir im Gras. Sie betrachtete den Himmel und endlich konnte auch ich schweigen. Mit einer Kornblume strich ich über ihre lange Nase, die Wangen, nur der Mund war keine so gute Idee, sie musste Niesen und wir lachten.

An Vaters Geburtstag, sie war eingeladen und draußen tobte ein furchtbarer Wind, der den Zaun umriss, haben wir uns verlobt und im Sommer schon geheiratet.

Weil sie Blumen so mochte, kaufte ich den Rosenstock. Jeden Sonntag schnitt ich ihr einen Strauß. Was mir viel zu schwer war, nahm sie leicht. Und sie war eine wunderbare Beobachterin, jeder Moment der Zeit ist gefüllt, wenn wir achtsam sind, so lebte sie. Erfüllt von Menschen und Dingen, die da sind, wir müssen gut zuhören und genau hinsehen und uns nicht von uns selbst ablenken lassen.

Drei Sommer kamen. Wir gingen oben abends im dunklen See baden sooft es die Zeit erlaubte und sie hatte eine unglaubliche Leidenschaft für Sternschnuppen. Selbst der Tau in langen Septembernächten konnte sie nicht aufhalten, geduldig harrten wir. Wünsch dir was, aber lass es mich nicht wissen, wiederholte sie nach jeder. Da, hast du die gesehen?

Dann wurde ihr Bauch rund und runder mit dir. Ein ganz neues Strahlen erschien und ich legte mein Ohr auf sie und lauschte und lauschte. So wie das Baby tritt, wird es ein Junge, prophezeite sie. Der Bauchnabel sprang heraus und ich verfolgte die kleinen Beulen von deinen Tritten an immer anderen Stellen. Noch glatter und zarte wurde ihre Haut und auch ihr ohnehin verführerischer Duft veränderte und verstärkte sich noch. Ich wollte nicht mehr von ihr weichen, am liebsten neben ihr liegen, sie anschauen, berühren und küssen. Vater hatte großes Verständnis und ließ mir viele Freiheiten.

Als es geschah, war ich so wütend! Wütend auf die Welt und mit Gott. Verzweifelt habe ich geschrien, gegen Türen getreten, vollkommen regungslos rumgesessen und Löcher in die Decke gestarrt, nichts gehört, nichts gesehen, nicht gegessen, nicht geschlafen. Das konnte doch nicht sein! Er kann doch nicht ein Leben geben und das andere dafür nehmen. Bald hatte ich keine

Tränen mehr und saß stundenlang, wo sie aufgebahrt lag im flackernden Kerzenlicht. Die Nachbarn kamen und trugen sie zum Friedhof hin. Davon weiß ich nicht mehr viel, nur verschwimmende Bilder sind geblieben. Vor allem ihr Sarg unten am Grund der Wunde, die sie in die Erde gegraben hatte."

In der kurzen Stille bemerkt Hannes die Tränen auf den Wangen seines Vaters.

„Meine Eltern drängten und redeten auf mich, noch ganz betäubt, ein, dass es höchste Zeit sei, dich taufen zu lassen. Eine Tante, die geboren hatte, gab dir die Brust und dein Onkel Erich wurde als Pate bestimmt.

Der Pfarrer kam zu uns nach Hause und sprach nicht viel. Die Taufschale hatte er dabei und er erzählte von Jesus, dass die Kinder zu ihm kommen sollen. Sie sind, wie auch du, Gott ganz besonders wertvoll. Das ist sein Versprechen mit der Taufe. Seine Liebe hört nie auf, in alle Ewigkeit nicht. Gott lässt nicht los. Das ist dein Taufspruch: Der Herr ist dein Hirte, dir wird nichts mangeln.

Mit unfassbarer Lebendigkeit hatte er ihr Leben erfüllt, sie achtsam und einfühlsam sein lassen, immer zugewandt, sich verschenkend, selten böse und ganz und gar nicht bitter und das in alle Ewigkeit.

Da habe ich mich entschieden, sie für dich und mich in mir zu bewahren.

Natürlich bin ich manchmal noch bleischwer traurig, dass kennst du, aber immer wieder auch überwältig von der Wucht ihrer Liebe.

Etwas später fingen sie an: Hannes braucht eine Mutter, wer soll ihn bloß großziehen. Ein Mann kann auch nicht alleine bleiben. Immer wieder besuchten uns sonntags unterschiedliche Bewerberinnen, aber das wollte ich weder dir, noch mir oder einer Frau antun, einfach nur da zu sein."

Der Vater zieht sein Taschentuch aus der Hose und schnieft und trocknet seine Tränen. Vier Jahre später starb dein Opa, der mir nach deiner Geburt immer mehr die Schmiede überließ und mit dir rumalberte.

Was mich besonders mit Stolz erfüllt, ist wie offen und achtsam du dem Leben begegnest und die große Freiheit, in der du es entdeckst, dass teilst du ganz sicher mit deiner Mutter. Lass dich drücken."

Flusskrebse

„Oma war gestern ganz schön sauer.", bemerkt Hannes. „Keine Frage, ich habe ihr abends noch schnell die Kastanien geschnitten und eingeweicht, damit sich die Wogen wieder glätten. Sie hat bald kein Waschmittel mehr zum Wäsche waschen." Nach einem Schluck Milch verspricht Hannes: „Ich sammle nachher welche auf unserem Schulhof. Unter der großen Kastanie liegen bestimmt reichlich und jetzt sind Ferien, da hat niemand sie weggenommen. Die kann sie als Vorrat trocknen." „Hackst du ihr nachher noch Holz für den Kessel und erzählst von unserem Spaziergang. Sie ist den ganzen Tag mit der Wäsche beschäftigt und ich unterwegs ins Nachbardorf, der Schmied dort braucht meine Hilfe. Gestern ist sie mir grummelig aus dem Weg gegangen, es ergab sich keine Gelegenheit zur Klärung. Eigentlich soll ja die Sonne nicht über einem Streit untergehen. So wird wenigstens Heute der Frieden zurückkehren." Beide räumen eilig ab, spülen und gehen ihre Wege.

Endlich freie Bahn und genug zu tun bis elf. Unterschiedlicher kann Zeit kaum sein, denkt Hannes. So hätte ich lange, lange gewartet, jetzt muss ich einiges erledigen, bevor ich in den Stall komme. Wenigstens schnell den Chachapoya grüßen und ihm berichten. „Das der Herr sich auch mal wiedersehen lässt!", empfängt dieser ihn. Hannes lässt sich nicht beirren: „Das Wichtigste zuerst. Martin kommt und er bringt Freunde mit."

„Hast du all deinen Mut zusammengenommen. Ich dachte schon, du hättest gekniffen und wärst deshalb fern von mir geblieben."

„Bei der Hochzeitsfeier ergab sich die Gelegenheit und gestern war ich dann mit Vater unterwegs."

„Du bist da! Alles gut!", beruhigt ihn der Chachapoya.

„Die Schwinge steht abgedeckt hinter dir. Ich warte auf Martin in der Torfahrt, er soll mich nicht noch mal überraschen. Wenn ich ihn zu dir gebracht habe, tu, was du tun musst. Bis nachher!"

Auf einem Sack Roggen sitzend und gegen die Wand in der Torfahrt gelehnt, starrt Hannes jetzt unermüdlich auf die Tür. Mit jedem Atemzug spürt er seinen Herzschlag, steckt die Hände in die Hosentaschen, holt sie heraus, reibt Daumen und Zeigefinger, kratzt mit den Füßen über den Boden und rubbelt mit den Fingernägeln über die groben Stofffäden und beginnt von Neuem. Am Ende war er doch zu schnell fertig geworden. Vater hat mir von Mama erzählt, dass verstehend, hatte seine Oma sich sofort beruhigt und Hannes konnte gehen. Nun sitzt er hier, steckt die Hände in die Hosentaschen, holt sie heraus, reibt Daumen und Zeigefinger, kratzt mit den Füßen über den Boden und rubbelt mit den Fingernägeln über die groben Stofffäden seiner Hose. Da fliegt die Tür auf!

„Wo ist es?" Hannes ist perplex und meint doch das Funkeln in Martins Augen zu sehen. „Wo ist es?", schreit der noch einmal. Er ist allein gekommen, so ein Mist. Aber schon drängen auch Paul und Hugo durch die Tür.

„Schließt sie!", fordert Hannes ein. Krachend fliegt die Tür zu. „Hinten im Stall habe ich es versteckt." Martin, der inzwischen seitlich vor ihm steht, wischt ihm mit der flachen Hand über die rechte Schulter:

„Komm jetzt! Wir brauchen eine Milchkanne mit Deckel und Wasser." Die drei folgen ihm links am Mist vorbei. Aus der Wirtschaftskammer, die in der Ecke vor dem Stall liegt, nehmen sie eine Milchkanne mit. Martin, der die abgedeckte Schwinge sofort entdeckt, rennt los, die drei folgen ihm. Paul steht links und Hugo rechts, Hannes ein wenig zurück Richtung Hof. Als einziger schaut er gespannt auf Luisa. Sie steht weit zurück fast im Gang und hebt, als Martin in die Hocke vor der dem Korb geht, um das Tuch zu entfernen, ihren Schwanz beiseite. Einen Augenblick später trifft Martins Rücken ein mächtiger gelber Strahl, einige Spritzer erreichen auch Paul und Hugo. Die weichen beiseite und reiben dabei ihre Hemden an der gekalkten Wand weiß. Die Reste des warmen Strahls laufen vom Rücken in Martins leicht abstehende Hose. Martin erhebt sich ganz langsam, dabei wendend, starrt er erstarrt auf den Hintern der Kuh. Luisa legt ihren Schwanz erneut zurück auf die Wirbelsäule, macht gleichzeitig einen Buckel und trippelt rückwärts noch dichter an ihn heran. Die dunkelgrün, schwarze Masse, die jetzt aus ihrem Hinterteil schießt, erreicht zuerst Martins Brust, verdunkelt sein Gesicht und arbeitet sich dann die Hose hinab, um endlich die Schuhe zu bedecken. Nach einem Augenblick der Stille drückt Luisa den Rücken noch höher und mit einem blubbernden Knattern hüllt sie den erstarrten in eine mächtige Gaswolke, der schließlich ein ziemlich flüssiger Rest folgt. Luisa entspannt und geht vor, um einige Schluck Wasser zu nehmen.

„Boah!", mehr lässt Paul nicht verlauten und Hugo bekommt den Mund nicht zu. In der Stille, glaubt Hannes ein leises, das war der Plan, zu hören. Vollkommen verstört dreht Martin sich aus der Erstarrung lösend langsam zur Gartentür und schleicht tropfend von Dannen, den beiden Jungs nach, die schon über den Zaun verschwunden sind.

Nachdem der Chachapoya und Hannes schweigend die Schwinge, die Kanne und die Reste aus dem Gang beseitigt haben, gehen auch sie in den Garten. Dort nimmt der Chachapoya seinen Platz ein. Er öffnet die Hände und Hannes greift eine der Birnen. Durch die harte Schale knabbern sich ihre Zähne und zerkleinern die feste Frucht.

„Boah!" Mehr braucht es nicht und sie lachen los. Hannes reißt sich los: „Ich muss schnell nach drüben, bei der Wäsche helfen. Bin gleich wieder da!" „Boah!", tönt es ihm mit Gelächter hinterher.

Die Oma rührt mit einem großen Holzlöffel die Tischtücher durch das erhitze Wasser in der runden Wanne, die in die Ecke ihrer Küche gemauert ist. In der Mitte der rechten, die Wanne einfassenden Wand, befindet sich eine Ofenklappe zum Heizen. „Leg ein paar Scheite nach. Vaters Sachen sind ziemlich verdreckt.", bittet sie Hannes, als er in die Küche kommt.

„Hier ist kein Holz mehr Oma, du hast alles schon verfeuert. Ich geh schnell in die Scheune." Die Axt steckt in einer der unzähligen Kerben am Rand, in dem runden Hackklotz, der ihm bis zum Bauch hoch reicht. Hannes holt aus dem alten Stall drei Fichtenstücke, Unterarm lang und stellt eins aufrecht auf die Fläche des Klotzes. Die anderen beiden lässt er neben den Klotz fallen. Ein Schlag und mittig sitzt die Axt im Scheit. Mit der steckenden Axt zusammen hebt er das Stück Holz zum zweiten Schlag hoch. Der Scheit teilt sich und mit den gespaltenen Hälften verfährt er noch einmal so. Das Brennholz stapelt er auf den Arm und trägt es in die Küche. Ein vorstehender Kienspan reißt beim Abladen einen Faden aus seinem Strickpullover.

„Gib ihn mir, ich zieh die Schlaufe besser gleich wieder zurück, bevor noch mehr Schaden entsteht." Sie trocknet die Hände an der Schürze und aus der Schublade am Buffet in der guten Stube holt sie eine Häkelnadel. Nach der Reparatur bringt Hannes sie wieder an ihren Platz. Zurückgekommen neben der

Mauer des Waschtrogs kniend, öffnet er die gusseiserne Klappe an ihrem gewundenen Drahtgriff. Die Hitze schlägt ihm entgegen.

„Nicht so nah, Hannes, deinem Onkel ist mal an der Luke durch das herausschlagende Feuer der halbe Bart weggebrannt. Der Rest der verkohlten Stoppeln musste auch ab und eine Menge Wasser ist den Jordan runter geflossen, bevor der Bart nachwuchs."

„Die Aschewanne ist bald voll.", stellt Hannes fest und mit dem Schürhaken stochert er nach. Seine Oma hebt inzwischen mit dem langen und vorne abgeflachten Holzstab das erste Tuch aus dem Wasser und sie ringen es verdrehend aus, bevor sie es in den Hof tragen und in einen Korb legen.

„Nimm die Wäsche gleich mit rüber und leg sie hinten auf die Wiese zum Trocknen und Bleichen. Dort scheint die Sonne am längsten hin.", ordnet seine Oma nach dem dritten Tuch an. Zurück im Flur entweicht Hannes grinsend ein leises: „Boah! Das war also dein Plan."

„Ach, Hannes!"

„Entschuldige bitte, es hat nichts mit dir zu tun, Oma."

„Halt bitte den Beutel aufgespannt über die Wanne." Sie gießt die milchige Mischung aus Wasser, geviertelten und geschälten Kastanien hinein. Dicke Tropfen lösen sich und fallen in die Wäsche. Beim Zusammendrehen werden die letzten Reste herausgepresst.

„Weich schon mal die Blaumänner ein. Ich habe vergessen, die Socken und Fußlappen mitzubringen, die dein Vater zum Schutz um den rechten Fuß wickelt, seit ein Pferd ihm beim Beschlagen auf den Zehen trampelte." Zurückgekommen, landen auch sie im Bottich und werden untergerührt. Seine Oma fischt mit dem Stab einen Blaumann heraus und befördert ihn in den Eimer neben der Wanne. Auf dem Waschbrett, dass in ihm steht, beginnt sie kräftig den Stoff zu rubbeln.

„Du kannst jetzt gehen. Denk bitte an den Korb und schmiere dir vorher ein Schmalzbrot, wenn du Hunger hast. Ich koche heute Mittag nicht."

Hannes wollte schon lange fragen und heute erscheint ihm die Gelegenheit gut: „Wie lange wart ihr eigentlich verheiratet?" „Siebenundfünfzig Jahre, an unsere Goldhochzeit denke ich so gerne zurück. Die Nachbarn kamen zum Kränzen und wir haben viele gemeinsame Geschichten erzählt. Die Friseuse steckte mir ein weißes Blütendiadem in die Haare und wir trugen beide einen goldenen Anstecker über dem Herzen in der Kirche. Wie bei unserer Hochzeit saßen wir ganz vorne auf extra Stühlen im Gottesdienst, der Kirchenchor sang und wir empfingen Gottes Segen." In der entstehenden kleinen Pause fischt sie ihr Taschentuch aus der Tasche und trocknet ihre Nase. „Komm mit." Sich die Hände an der Schürze trockenreibend geht sie die Treppe voran. Ganz hinten im Kleiderschrank im Schlafzimmer hängt es. „Mein Hochzeitskleid! Reine Seide, dein Opa hat sie aus China mitgebracht. Die Schneiderin staunte nicht schlecht, als ich ihr den Stoff zum Nähen gab." Sie lässt den Stoff über ihre Wange gleiten und riecht in ihn hinein. „Fühl mal!"

„Wie kam Opa denn nach China."

„Er war dort stationiert mit seiner Kompanie."

„Lange?"

„Einige Jahre. Schon die Überfahrt dauert ja ihre Zeit. Dafür war er der einzige, der aus dem Dorf in die weite Welt zog."

„Kanntet ihr euch da schon so richtig?"

„Ja, aber ich war in der Stadt, weißt du doch und da war er, ein Buchhalter, und manchmal frage ich mich, was das für ein Leben mit ihm geworden wäre." Ihr Blick fällt auf die Kommode: „Die kleinen Buddha Figuren dort, die Miniatur einer Pagode und die Räucherstäbchen sind Opas Geschenke. Eigentlich gab es noch eine wunderschöne Vase, aber die ist leider auf dem Schingellaich gelandet."

„Wo?"

„Auf der Müllkippe in der alten Tongrube hinter dem Dorf."

„Das ist aber schade! Wie kam es?"

„Dein hat Vater hat mit seinem Bruder gestänkert und als sie sich durch das Haus verfolgten, stieß dein Vater sie ausversehen um, als er zu hastig durch die Tür zur guten Stube bog. Es blieben nur Scherben vom feinen chinesischen Porzellan liegen. Die Ohrfeige vom Opa konnte er seinen Lebtag nicht vergessen, so demütigend und dazu auch noch ungerecht, er war es ja nicht allein." Sie zieht die Schublade auf: „die feine Jade Kette brachte er auch mit, ach da liegt es." Sie reicht Hannes ein Foto. Zwei Soldaten lehnen rechts und links an einem ziemlich starken Baumstamm. Eine Hand wie Napoleon ins Hemd gesteckt, ein mächtiger Schnäuzer und einen merkwürdigen Mützendeckel auf dem Kopf. „Draußen an der Esche in Uniform. Ist er nicht fesch? Ich bin froh, dass es so gekommen ist. Es hilft ja nicht sich gefangen nehmen zu lassen, von dem, was man nicht hat. Meine Mutter sagte immer: Alle Not kommt von der Möglichkeit, wäre, hätte, wenn... Schaue lieber auf das, was du hast und kannst. Recht hatte sie. Immer hatte dein Opa ein Späßchen auf Lager, hat lange erzählt von den Menschen, den Gerüchen, dem Geschmack, für den er selten einen guten Vergleich fand, oder der Sonne über Reisfeldern, die unter Wasser stehen und er hat mich immer wieder liebevoll überrascht. Aber er hatte auch etwas Dunkles, konnte tagelang schweigen und bis heute verstehe ich nicht, dass er unseren Sohn zu so einem harten Meister gegeben hat, wo er doch unter seinem schon so gelitten hatte." Nach einer kurzen Pause. „Ich muss weitermachen, sonst werde ich heute nicht fertig mit der Wäsche." Unten im Flur angekommen setzt sie erneut an: „Ich bin Gott so dankbar, dass er jede Zeit meines Lebens gefüllt hat und ihm so viele erstaunliche Wendungen gab. Gott tut alles zu seiner Zeit und wir können sein Werk nicht fassen. Na ja, schwierig sind manchmal die Nächte allein im Bett.

Aber ich trage ihn hier." Sie klopft sich mit der Hand auf die Brust. „Und ich habe euch." Selten drückt sie Hannes, diesmal ausgiebig, dann wendet sie sich wortlos ab zurück in die Küche.

Als Hannes in den Garten kommt, findet er den Chachapoya auf seinem Platz. Gedankenversunken erwidert er nicht einmal den Gruß. Unvermittelt steht er wortlos auf und die beiden gehen gemächlich Richtung Gartenzaun. Nach einer Weile beginnt der Chachapoya leise aber sehr konzentriert zu reden: „Mein Onkel war im Recht, obwohl ich denke, dass ihm nicht daran lag. Er sah seinen Moment kommen, wollte und nutzte die Gelegenheit, die Maya und ich ihm boten. Ohne mich, wäre er der nächste Chachapoya."

„Maya hieß sie?", fragt Hannes in die kleine Pause.

„Er drängte auf das Urteil über unsere verbotene Liebe und es wurde gesprochen. Lange brauchte die Zeit, bis sie meine Wut vertilgen konnte. Aber wenn alles gleich gilt, geht die Ehrfurcht, schwindet die Sehnsucht, verliert sich die Hoffnung und jede Erschütterung bleibt unbestaunt. Am Ende verschlingt die Gier alle Ordnung. Ja, Maya, das ist ihr Name. Als meine Wut endlich wich, konnte ich Maya wirklich erblicken. Intuitiv sah und erkannte ich ihr Leben von Anfang an. Jeder Augenblick ist in sich vollständig, in sich ruhendes Sein und vertreibt jede Angst. Deshalb konnte sie wohl so unerschrocken loslassen, als das Urteil vollzogen wurde. Wir fielen, sahen einander an und fielen. Der Kondor, den ich oft im steigenden Wind an der Felswand gleitend beobachtet hatte, schrie. So fühlt er also im Flug, schoss es mir durch den Kopf. In diesem Moment wandelte ich zum ersten Mal. Maya entschwand, obwohl die Sicht sich klärte. Scharf erblickte ich das geöffnete Gerichtstor in der Mauer von Kuelap, wo sie standen und mit offenen Mündern staunten. Spürte den stärker werdenden Luftzug, bemerkte mein Taumeln und Trudeln und versuchte die Arme ausbreitend so etwas wie fliegen.

An Steuern war nicht zu denken. Immerhin als ich das Tal durchquert hatte zu anderen Seite hin, war ich erheblich langsamer geworden. Blieb aber trotzdem an einem hochragenden Felsblock hängen, krachte vorn über und verlor das Bewusstsein."

Der Chachapoya hält an und im Schneidersitz verweilt er im Gras neben dem Pfad, der zur Mühle hochführt. Hannes hockt sich daneben. „Mir war schlecht, beim Aufstehen unglaublich schwindelig und mein Kopf brummte. Irgendwo im nirgendwo versuchte ich das Geschehene zu ordnen. Die Gedanken kreiselten total chaotisch, Maya, mein Onkel, der Fall, mein Vater, der Kondor, Kuelap, die Sonne, Nebel, der Felsen, die Einöde. Das Drängendste aber, wie war ich dorthin, hinter den Felsen gefallen, dass verstand ich überhaupt nicht. Immerhin zumindest körperlich ging es mir bald besser. Doch wie sollte ich von dort wegkommen? Dann ging die Sonne auf. Der Lichtgrat am Kamm kündigte sie an. Ich konnte alles nacheinander aus meinem Kopf entfernen. Das Chaos war nicht zu ordnen, es musste weichen. In die gewordene Leere hinein bildete sich das Bild des Kondors und dann in einem Augenblick wandelte ich. Ein schwieriger Lernprozess folgte mit ständig neuen Missgeschicken, die mir unterliefen, bis der erste Flug gelang. Jede Feder am Körper verändert ihn. Es fühlt sich an wie ein unaufhörliches Kitzeln auf der Haut, unfassbar viele Finger, die einen permanent streicheln, drücken und die vibrieren können. Wohin du den Kopf wendest, senkst oder hebst, geht der Flug. In der Luft fällst du in Löcher, die dich einfach wegsacken lassen und gerätst in Winde, die dich hochheben und von verschiedensten Seiten auf dich treffen, auf denen du aber auch wunderbar gleiten kannst. Die Erde, Wiesen, Felder, Bäume, alles rast unter dir dahin. Fantastisch geschärft sind deine Augen, jeden Busch, jeden Hasen, jede Maus mit ihren gelben Spuren, jede noch so kleine Blume, nichts entgeht dir. Schwierig sind Wolken, unter ihnen saugt dich der Wind ein, in ihnen verlierst du leicht die Orientierung und die feinen Tropfen setzen sich auf die Federn und du wirst schwer und schwerer. Die Geschichte von Ikarus ist Quatsch, je höher du steigst, desto kälter und dünner wird die Luft. Starte möglichst gegen den Wind und beim Landen halte Ausschau nach etwas, das deine starken Greifer gut umfassen können."

„Deswegen sollte ich nicht gleich mit dem Fliegen beginnen.", kann Hannes nicht an sich halten.

„Du warst in der Erde. Du hast dich auf ihr bewegt. Gleich folgt das Wasser. Und ja, dann kannst du dich in die Lüfte erheben. Wir gehen weiter an die Stelle, wo der Jordan in den Mühlteich mündet, ein guter Ort für Flusskrebse." Die beiden brechen wieder auf und der Chachapoya fährt fort in seiner Erzählung: „Zwei Tage später zog ich den ersten Kreis durch das Tal und stieg hoch und noch höher. Zurück, kehr zurück und zahl es dem hinterlistigen Onkel, diesem Verräter, heim. Der Gedanke trieb mich die Tage an und in immer bösartiger werdenden Variationen malte ich mir die Zusammenkunft mit ihm aus. Doch während der Reise fragte eine immer lauter werdende Stimme in mir ständig, was ich gewönne durch mein Tun.

Finde deinen Frieden und schenke Maya Ruhe. Unterhalb der Stadt, der ich mich in der späten Dämmerung näherte, um unentdeckt zu bleiben, lag sie. Die Nacht durch wusch ich sie und bedeckte ihren geschundenen Körper mit Steinen, einen nach dem anderen, ganz vorsichtig. All die Jahre danach, die kamen bis heute, fehlte mir der Mut, sie in ihr Haus zu bringen in den Kreis ihrer Lieben. Erst Jahre später habe ich es noch einmal versucht. Aber jetzt flog ich mit dem einsetzenden Morgen davon, damit mich der Zorn nicht doch noch übermannte. Ihr goldenes Amulett nahm ich mit mir. An der Stadt in den Bergen, mit dem Zuckerhut und den vielen Terrassen, kam ich vorbei bis hin zu den Menschen, die Pyramiden bauen. Ein grausames Völkchen, dort konnte ich nicht einfach reinspazieren. Kein Wort ihrer Sprache war zu verstehen. Eine Maus müsste man sein, dachte ich und wandelte. Da bekommst du ziemlich kurze Beine und eine ganz schöne Plauze, aber gute Ohren und ein dichtes warmes Fell, das half mir durch die Stadt mit ihren wunderbaren Maisvorräten und über den Winter. Bei diesen Menschen wollte ich nicht bleiben und als die Tage wieder länger wurden, brach ich auf. Zum ersten Mal kam ich ans Meer. Wasser, das du nicht trinken kannst. Aber eine erstaunliche Frische der Luft und Weichheit des Sandes. Und die Sonne, in ihrer Pracht leuchtet, glitzert und tanzt in den Wellen in den unterschiedlichsten roten Tönen. Ich lief über einen Strand und lauschte der Brandung, die unaufhörlich grollte und rollte. Stundenlang ließ ich mich von den Wellen überspülen, durchdrehen, runterdrücken und wieder anschwemmen, bis ich erschöpft im Sand einschlief.

„Hast du damals schon diese riesigen Spinnen entdeckt?", fragt Hannes in den kurzen Moment hinein.

„Sie leben im dichtesten Wald mit unfassbar hohen Bäumen und noch ganz anderen Pflanzen und Tieren, die du dir kaum vorstellen kannst. Die leckersten Früchte fallen dir einfach so in den Mund. Allerdings fühlt sich jeder Tag an, wie hier ein viel zu heißer Sommertag kurz vor einem Gewitter."

„Oma kriecht dann immer unter den Tisch in der kleinen Stube, so packt sie die Angst beim Grollen des Donners.", merkt Hannes an.

„Bestimmt hat sie zu oft die Ohnmacht erfahren müssen, wenn eine Scheune oder gar ein ganzer Hof, entzündet vom Blitz, den Flammen zum Opfer fällt."

„Warst du lange in diesem Wald?"

„Irgendwann fing es an zu Regnen und wenn ich Regnen sage, dann meine ich alle nur erdenkliche Arten, vom schwächelnden Nieseln, bis zum schaurigsten Schütten vom Wind getrieben und es hörte nicht auf, weder Tags noch nachts. Unter Blättern geschützt, lauschte ich dem Konzert der Tropfen, aber nicht lange und ich wollte nur noch weg. Durch meine Gedanken zog immer wieder die eine Aufgabe, die noch offenstand. Ich musste Maya in ihr Haus bringen, sie in die Erde ihres Hauses zu den Ahnen legen und sie vereinen. Der Wind trug mich an den Rand einer riesigen Wüste. Merkwürdige Menschen haben in den Staub, indem sie das Geröll entfernten, große Tierzeichen gezogen. Groß ist maßlos untertrieben, riesig, weiter als euer Dorf spannten die Strecken. Beim Start rennen alle Läufer dicht beieinander. Wenn sie die Spitze des Trichters erreicht haben, folgen sie dann einander, wie auf eine auseinander gezogene Perlenkette, den Geraden und Kurven. Bei uns waren die Wettbewerbe völlig anders. Wir erprobten uns in der Treffsicherheit mit der Schleuder. Gute Steine schaffen locker den Weg in ihr Ziel über dreißig, vierzig Meter an einem Baumstamm. Oder wir tranken, Runde um Runde, im Kreis Maisbier."

„Bei uns in der Klasse gewinnt immer ein Mädchen beim Armdrücken, keiner tritt mehr gegen sie an. Oder wir spucken Kirchkerne.", fällt Hannes zu den Kraftproben ein.

„Seid ihr Lamas?"

„Was soll das denn sein?"

„Unsere Lasttiere. Sie tragen wirklich geduldig alles über die steilsten und holprigsten Wege, nur ärgern darfst du sie nicht. Sie spucken dir ins Gesicht und die zäh, klebrigen Masse hängt auf der Stirn zwischen den Augen über der Nase."

„Esel werden zum Glück nur bockig.", schiebt Hannes ein.

„Komm, wir gehen weiter. Als ich über meine Stadt, Kuelap, flog, war sie seltsam leer. Mit gespitzten Ohren einer Maus belauschte ich abends den zusammengeschrumpften Rat der Männer der Wolkenkrieger. Jäger hatten zwei sonderbare Gestalten mit heller Haut gefunden. Völlig erschöpft irrten sie in den Bergen. Der Heiler konnte ihnen nicht mehr helfen. In seinen Träumen tief erschrocken, warnte er nach der Nacht den Rat. Niemand nahm ihn ernst. Tage später begann auch in Kuelap das große Sterben. Darauf beschlossen die Ratsmänner, wenn die letzten Sterbenden ihre Reise angetreten hatten, die Häuser zu verlassen und fortzuziehen. Als ich andeutungsweise zu begreifen begann, raste ich los zum Haus des Chachapoya auf der Suche nach meinem Vater und fand aber meinen Onkel auf dem Thron, leblos, nach vorn zusammengefallen, schwarze Beulen an fast jeder Stelle seiner Haut.

Nur eine Handvoll der Nebelmenschen war übriggeblieben, von denen die meisten im Fieber mit eitrig, blutenden Wunden lagen. Vollkommen verwirrt verließ ich sie und stieg auf. Langsam beruhigte sich mein Atmen. Eine Strömung fasste mich und trug mich davon aufs Meer. Weit nahm sie mich mit, den letzten der Chachapoya. Ein Segelschiff in den endlosen Weiten des Wassers bot einen Landeplatz. Es brachte mich nach Monaten in die neue Welt. Unbekannte Sprachen hörten meine Ohren, Landschaften durchquerte ich, Pflanzen und Tiere, die ich nie zuvor sah, entdeckte ich. Wo es mir gefiel, blieb ich für eine Zeit und jetzt endlich fand ich dich. Da sind wir." Hannes konnte gar nicht aufhören zu zuhören. „Was für Länder, welche Tiere? Erzähl doch, bitte, bitte." Am Ufer des Sees stehend, in dessen stillem Wasser sich die Bäume und Büsche spiegeln und das Blau des Himmels mit seinen Wolken sich fast schwarz einfärbt, fordert der Chachapoya unbeirrt: „Zeit zu wandeln Hannes. Du kennst Flusskrebse?" Widerstand ist zwecklos, dass weiß Hannes inzwischen, also bittet er: „Reich mir deinen Arm."

„Wieso?"

„Ohne dich geht es nicht."

„Weshalb?"

„Ich kann es nicht!"

„Warum? Hast du es versucht? Lass es zu Hannes."

Beide schauen sich an und nichts geschieht.

„Wie ergraute und zu klein geratene Hummer sehen sie aus."

„Hummer?" Der Chachapoya kniet sich ans Ufer und stützt sich mit einer Hand ab, steckt sein Gesicht ins Wasser und mit der anderen Hand beginnt er zu fischen. Kaum eingetaucht, reißt er die Hand wieder heraus und pustet über den Höcker seines Zeigefingers, leckt über die Haut, um erneut zu pusten. Triefend nass steht schmunzelnd Hannes neben ihm. „Du solltest dich mal mit den Augen eines Krebses sehen können. Kugelrundes aufgeblähtes Gesicht, ovale kuller Augen und eine herausragende Nase, die ich beinahe erwischt hätte. Es tut mir leid, verletzten wollte ich dich auf keinen Fall mit meinen Scheren. Dass sie so stark und so scharf sind, wäre mir im Leben nicht eingefallen." Zügig antwortet der Chachapoya: „Ich wollte einen Krebs fangen und ihn dir zeigen, damit du eine Vorstellung hast und leichter wandeln kannst. Aber so ist viel besser. Bis ich groß bin, ist die Verletzung längst vergessen."

Die letzten Worte hört Hannes schon nicht mehr, weil er wieder eingetaucht ist in die Unterwasserwelt. Es braucht, bis er lernt, die Vielzahl seiner Beine zu koordinieren. Um Fahrt aufzunehmen schlägt er mit dem langen Schwanz, aber zwei Beine, die er nicht an den Köper gezogen hat, verheddern sich und schon schabt er mit dem Kiefer über den aufgewühlten schlammigen Boden. Der Duft von Muscheln gleitet heran. Wer die wohl isst? Den ganzen Unrat im Wasser filtern sie um zu wachsen. Am faszinierendsten findet Hannes aber seine Augen. Wenn ich eins nach hinten drehe, habe ich den totalen Rundumblick. Obwohl, der Forelle, die dort oben knapp unter der Oberfläche steht, verschaffen sie einen ungewöhnlich riesigen Bauch. Schon schnellt sie elegant aus dem Wasser, die Fliege hat keine Chance. Und die Horde Karpfen vor mir mit den seitlich wedelnden Flossen scheinen bald den ganzen Teich zu füllen. Ihre zu beiden Seiten aufgeklappten Kiemen und die aufgesperrten Münder wirken wie finstere Schlünde, in denen man unwiederbringlich verloren geht. Ich verberge mich lieber zwischen den hochragenden Gräsern, bis sie vorbeigezogen sind, denkt Hannes. Zwischen den Halmen ist er jedoch nicht allein. Ein aufgebrachtes Flusskrebs

Männchen rennt mit erhobenen Scheren auf ihn zu. Nur knapp kann er sein Bein wegziehen, das Auge ducken, den Fühler drehen. Nach der Attacke halten beide kurz inne und belauern sich. Einer leicht angedeuteten Bewegung des einen, folgt der andere gegensätzlich. Drohend heben sie die großen Scheren und den mächtigen Schwanz. Die Beine wirbeln den Sand auf und trüben das Wasser um sie. Geräuschlos öffnen und schließen sie ihre Zangen, bis sie sich endlich beide aufeinander zu ineinander verhaken. Nur nicht loslassen. Ein wilder Tanz beginnt. Ein Schritt vor, zwei zurück, Wiegeschritt und zur Seite, zwei vor, einen zurück und Drehung. Alles wieder auf Anfang. Beide merken im Gefecht nicht, dass sie in den Sog des Kanals geraten, der das Wasser auf das Mühlrad trägt. Erst als sie in eine Schaufel des Rades fallen, lassen sie voneinander und nach einer halben Drehung des Mühlrades stürzen sie nach unten der Wasseroberfläche entgegen. Schwimmend erreicht Hannes das Ufer und an Land krümmt er sich nach hinten, die Hände auf den Po gestützt. „Was für ein Rückenklatscher. Aber der Krebs muss sich jetzt ein neues Revier suchen, dass er verteidigen kann." In der Sonne auf dem Bauch liegend trocknet er langsam. Der Chachapoya hat ihn gefunden. „Ohne meinen Arm gewandelt. Du lernst geschickt."
„Mein Rücken tut fast so weh, wie damals mein Bein, als der Spitz unseres Nachbarn mich erwischte. Ich kann diesen Köter nicht leiden. Jedes Mal schleicht er sich heran. Am Schlimmsten war es, als ich die Kesselsuppe nach dem Schlachten zur Nachbarin brachte. Ich hatte ihn ganz vergessen und war mit dem Eimer auf dem Weg zur Tür. Kurz vor der Stufe schoss er, der hinterhältig gewartet hatte, wild kläffend aus seiner Hütte, verschenkte keine Zeit, biss mir kräftig in die Wade und die Suppe floss über das Pflaster. Blitzschnell schnappte sich der Spitz ein Stück Wellfleisch und verschwand in seiner Hütte. Der

Nachbarin fiel nichts Besseres ein, als das schöne verlorengegangene Stück Fleisch zu bedauern, das ihr entgangen war. Meine Oma ersetzte es ihr allerdings großzügig."

„Die Welt ist, wie sie ist, aber du entscheidest, wie du ihr begegnest.", kommentiert der Chachapoya mit einer seiner Weisheiten. „Bist du halbwegs Trocken, dann lass uns gehen."

Mit den Falken fliegen

Am nächsten Morgen legt seine Oma gerade die Federbettdecke zum Lüften über den Rahmen des geöffneten Fensters. Hannes war vor ihr aufgestanden und hatte sich schon auf den Weg gemacht. Beim Vorbeigehen öffnete er vorsichtig das Törchen einen Spalt am Zaun des Nachbarn und warf ein Stück Knackwurst vor die Hundehütte. Einen Moment später bog er um die Ecke am Ende der Gasse. Der Spitz schoss sofort aus seiner Hütte und genoss das unverhoffte Geschenk.

Am Fenster auf die Decke gelehnt, beobachtet seine Oma das Spektakel, das der wild kläffende Spitz ihr nun bietet. Als er das kleine Kaninchen auf der anderen Seite der Gasse entdeckt, rast er aus dem Törchen, das er mit der Schnauze weit aufstößt und verfolgt von einer Seite der Straße zur anderen das flüchtende, Zick Zack schlagende junge Kaninchen. Ab und an hüpft es in die Luft bei der wilden Flucht und schon verschwinden beide hinter dem letzten Haus um die Ecke.

Können die nicht auf ihr Gartentörchen achten und auf den Hund besser aufpassen, das arme Kaninchen, geht es der Oma durch den Sinn, als sie die zweite Decke aus dem Bett hebt und in das andere Fenster legt. Schlagartig verwandelt sich das Kläffen in ein jämmerliches Jaulen, das rasant näherkommt. Das Bild hat sich jetzt grundlegend verwandelt. Nun ist der Spitz auf wilder Flucht zurück Richtung Hütte. Hinter ihm ein mächtiger

Schäferhund, der mit jedem gewaltigen Satz die Distanz verringert. Vor dem Zaun macht der Schäferhund unversehens Halt und auf die Hinterläufe gesetzt blickt er scheinbar zufrieden mit gespitzten Ohren auf die Hundehütte. In der herrscht Stille. Der Spitz hat sich in den hintersten Winkel verzogen. Nach einer geraumen Weile trottet der Schäferhund gemütlich los und verschwindet aus dem Blickfeld.

Als die Oma nach unten kommt, läutet die Türglocke und ein sichtlich gut gelaunter Hannes tritt in den Flur. „Wenn ich gleich das Brot abhole, darf ich anschreiben lassen und mir Anisplätzchen mitbringen? Ich habe richtig Appetit auf sie.", will er von der Oma wissen. „Aber nicht vor dem Essen alle vernaschen, sonst kann ich mir das Kochen sparen!"

„Was gibt es denn?", erkundigt sich Hannes.

„Es ist noch Suppe da, sie wird sonst sauer."

„Ich schau noch beim Onkel rein, soll ich von dir Grüßen?"

„Mach das und bitte und auch Manfred. Ich hoffe, er hat seinen Kater kuriert.", gibt die Oma Hannes mit auf den Weg. Nach dem Frühstück geht er gleich los. Am Zaun des Nachbarn angekommen, schaut er sich um. Der Spitz schleicht, als er Hannes entdeckt, schnell in seine Hütte, irgendwie scheint der Geruch eines gewaltigen Schäferhundes in der Luft zu liegen. Beim Bäcker angekommen, verlangt Hannes ein und einen viertel Laib Brot und eine Tüte gefüllt mit Anisplätzchen. Bevor er die Schreinerei erreicht, macht Hannes noch Halt und biegt in den Kaufmannsladen ein. „Ein achtel echten Kaffee und zehn Salmiakrauten, bitte anschreiben." Beim Verlassen des Ladens grüßt das Türglöckchen und kurz darauf betritt Hannes dann reich bepackt die Schreinerei.

„Falls du Manfred suchst, er und der Onkel sind ein Stück spazieren, sie besuchen deinen Vater in der Schmiede.", empfängt ihn sein Onkel. Hannes stört das nicht: „Ich möchte die Dose abholen, ist ja nicht mehr lang bis zum Geburtstag vom Vater."

„Na, was denn weiter. Fertig geölt und mit Zigarren gefüllt ist sie ja. Du kannst sie also mitnehmen!"

„Vielen, vielen Dank!", erwidert Hannes begeistert.

„War mir ein Vergnügen."

„Ich soll euch auch von Oma grüßen!"

„Dank dir und nimm ihr einen Gruß mit zurück. Mach es gut, an Vaters Geburtstag sehen wir uns spätestens wieder, bin gespannt, was er zu deinem Geschenk sagen wird."

Kurz nachdem er zurückgekommen war, verkündet die Kirchturmuhr, das es zwölf Uhr ist und die Oma holt den Topf aus dem Fenster des Kachelofens. Hannes liest derweil in seinem Teller den altbekannten Text: Die Suppe ist und schon bekommt er das gerade gelesene auch noch zu hören: „Die Suppe ist dir sehr gesund, drum leer den Teller bis zum Grund. Hast du das Brot in die Speisekammer gelegt?", will sie wissen.

„Soll ich es holen?"

„Bitte und bring das Maggikrautextrakt mit. Das gehört in jede Suppe. Nach dem Essen leg ich mich hin. Ich bin noch geschafft von der Hochzeit. Eine schöne Feier war das. Nun iss doch, dass du endlich was auf die Rippen bekommst, viel zu schmächtig bist du. Ein Schmied, der braucht ordentlich Kraft!"

Bevor Hannes nach dem Essen rüber in den Stall geht, holt er aus der Speisekammer ein Glas Leberwurst und eingekochte Erdbeeren aus dem Keller. Auch nimmt er zwei Zigarren aus der Schachtel. Ob es nun zwanzig oder nur achtzehn sind? Dazu gesellen sich im Korb noch Zucker, Tassen und Löffel. Habe ich an alles gedacht? Messer und ein Topf fehlen noch. Und Butter für das Brot, obwohl ich mag sie nicht unter Wurst. Oma schmiert sie immer so dick drunter. Aber vielleicht möchte der Chachapoya auch Butter auf seiner Bemme.

„Hinter dem Zaun, durch die Wiese und den Hang hoch hinter der alten Tongrube, da finden wir ein schönes Plätzchen, wo niemand uns stört. Holz brauchen wir, kannst du das bitte tragen, ich habe alle Hände voll zu tun.", fragt Hannes den Chachapoya als er im Kuhstall ankommt.

Kurz darauf erreichen sie ihr Ziel und sitzen vor dem kleinen Feuer im Halbrund der Lichtung.

„Schau, willst du? Mist, ich habe den Senf vergessen, aber wenn du das pure Fett oben weglässt, schmeckt die Leberwurst auch so ganz gut."

„Hannes, ich esse kein Fleisch und keine Wurst. Sie mich an, mir fehlt nichts! Das gebietet der Respekt vor dem Leben der anderen. Du wirst hoffentlich nicht eines Tages anfangen Tiere zu schlachten. Und in irgendeinen Krieg wirst du sicher nicht ziehen. Denn spätestens seit du wandeln kannst, weißt du, wie unglaublich und erstaunlich und Beschützens wert jedes einzelne Lebewesen ist. Unwiederbringlich vom kleinsten Floh, bis hin zum größten Elefanten. Gönne allem, was da ist, das Leben, es ist sowieso viel zu gefährdet in dieser Welt. Und du, lebe deins." Hannes blickt fragend mit weit geöffneten Augen, „Elefanten?" „Hannes, zu schwer zu beschreiben, die musst selber gesehen haben."

„Dann lass uns das Brot rösten und mit Butter genießen und zum Nachtisch," Hannes zieht das andere Glas aus dem Korb, „gibt es Erdbeeren, ziemlich grau, nicht schön, aber sie schmecken fantastisch." Zum Kaffee zaubert er dann die Zigarren hervor.

„Hannes!"

„Bläst du Ringe?"

Der Chachapoya tut, wie ihm befohlen. Hannes stellt einen Holzscheit direkt vor ihm auf und einen in etwa ein Meter Entfernung. Als ein Rauchring in der Mitte der Klötze schwebt, startet vom vorderen einen Augenblick später eine Fliege. Sie steigt auf, streift dabei den Rand des Rauchs und hustend bemerkt Hannes keuchend zurückgewandelt und am Boden liegend: „Gesund kann das nicht sein!"

„Aber ein Genuss!"

Erholt wiederholen die beiden den Zirkusspaß und diesmal gelingt der Flug.

„Jetzt einige hintereinander.", bittet Hannes. Träge schweben die Rauchringe vorwärts. Vom Kopf des Chachapoya mit Zwischenlandung auf dem ersten Scheit und durch die Ringe führt der Weg zum zweiten Holz. Mit dem Finger beschreibt der Chachapoya jetzt die nächste Flugroute der Fliege. Unter dem Ring durch, Looping um den zweiten Ring herum, weiter durch den dritten und Landung auf dem hinteren Klotz. Immer schwieriger werden die Flugstrecken, die der Chachapoya mit den Rauchringen beschreibt. Hannes durchfliegt sie, so gut er kann. Dann aber bittet er: „Pause, mir wird schlecht." Nach einer kleinen Weile fährt er fort: „Heute müssen wir den Prött nicht noch einmal aufgießen. Das Pulver reicht locker noch für zwei weitere Tassen Kaffee und dazu, von unserem Bäcker, Anisplätzchen."

„Du verwöhnst mich zu sehr, Hannes!"

„Höchste Zeit, mich bei dir zu bedanken! Wenigstens ein klein wenig."

„Weswegen denn?", bemerkt erstaunt der Chachapoya.

„Für diese unglaubliche Reise, auf die du mich mitgenommen hast."

„Du wirst noch ganz andere Dinge erleben, Hannes, auch ohne mich. Hast du eigentlich Moby-Dick gelesen? Eines der wenigen Bücher, die dein Vater besitzt."

„Nein, wieso, wovon handelt es?"

„Ein Seemann und ein Wal seltsam verbissen in einander. Aber das ist nicht so wichtig, denn nun weiß ich, wie ich nach Hause komme. Für solch ein riesiges Tier ist die Entfernung und die Macht des Meeres ein Kleines. Ich bin nicht mehr auf die Hilfe eines Schiffes angewiesen"

„Wann willst du fort?", besorgt schaut Hannes den Chachapoya an. „Eins ist es, den Weg zu kennen, ein anderes den

Mut zu finden, ihn auch zu gehen. Bis vor einiger Zeit fehlte mir Kraft mich dieser Reise zu stellen und mich in Mayas Schatten zu legen. Aber ich fand dich! Komm, Hannes, lass dich drücken." Lange stehen sie und als sie sich lösen, fragt der Chachapoya: "Musst du nicht nach Hause? Dein Vater wird uns vermissen." „Ich habe ihm gesagt, dass ich mit dir, mit Luisa, auf die Wiese gehe. Er braucht sie, dich, also nicht zu füttern und dass ich bei der Oma schlafen möchte. Er wird nicht besorgt sein oder uns suchen."

Sie legen sich zurück. In die blaue Stunde hinein erscheint der Mond; der ist nur halb zu sehen und beide bestaunen den heraufziehenden Sternenhimmel. Lange geschieht nichts. „Hast du schon eine Sternschnuppe entdeckt?"

„Nein, es wird kühl, ich mach mich lieber auf und sammle noch ein wenig Holz." Als der Chachpoya zurückkommt ist Hannes eingeschlafen.

In der Frühe rüttelt er sanft Hannes an seinem Arm: „Komm, lass uns gehen. Wir löschen die Glut und bringen den Korb hinter den Zaun." Hannes reibt seine Augen und gähnt, auch auf dem Weg kann er es nicht verhindern. „Noch so müde? Gleich bist du hellwach. Am Waldrand über den Tannen steigt in Schwaden der Nebel auf. Die Luft hebt und trägt ganz wunderbar. Stell dir einen Falken vor und folge mir!"

Beide heben ab. Immer wieder fliegen sie kleine Kurven, gewinnen an Höhe und in der Eiche auf freiem Feld landen sie. Den Kopf hoch, die Greifer vor, fast misslingt der Versuch, weil ein Fuß ins Leere fasst. Gleich starten sie wieder, umkreisen den Baum und diesmal geht alles glatt. Weiter über die Felder erreichen sie den Rand des Waldes. Schon von Weitem hat Hannes die Nebelschwaden erkannt, jetzt spürt er unter seinen Flügeln ihre Kraft. Empor eindrehend bringen sie ihn höher und höher. Gleitend steuern sie auf einen Kamin zu. Der Wind, der gegen die Felswand drückt hinauf zum Grat, hat noch einmal einen ganz anderen Auftrieb. Über dessen Kamm hinweg, im gleißenden Sonnenlicht, dreht Hannes über die rechte Schulter, lässt sich fallen und nimmt abwärts Fahrt auf, als Schreie ihn erreichen. Vertieft in den Flug, hat er die herannahenden Falken nicht bemerkt. Sie biegen ein und kreisen hinauf. Fünf, nein zu sechst sind sie. Einer löst sich aus dem Verband. Den Weg abkürzend, jagt er an ihm seitlich vorbei. Schon kreuzt der nächste seine Flugbahn und ein dritter ist bald hinter ihm. Hannes steigt, kräftig mit den Flügeln schlagend, hoch. Auf dem höchsten Punkt lässt er sich über den linken Flügel fallen. Rasant kommen die Tannenspitzen näher und näher. In einer langgezogenen Kurve spürt er den Aufwind in den Schwingen und gewinnt sofort wieder Höhe. Kaum hat er etwa die Mitte des Kamins erreicht, fliegt einer der Falken direkt auf ihn zu. Hannes hebt die linken Schwanzfedern. In die beginnende Drehung, die der andere aufnimmt, wirft er sich auf die gegenüberliegende Seite und beide sausen knapp aneinander vorbei. Die Falken spielen mit mir Fangen, wie bei uns auf dem Schulhof. „Warzenschwein" muss sein, brüllen alle, schon beginnt die wilde Verfolgungsjagd, bei der einer versucht, einen anderen zu berühren und ihn zum Jäger zu machen. Nur an der Kastanie ist kurz frei. Abgelenkt bemerkt Hannes den Falken über ihm viel zu spät, fast landet er auf ihm. Kurz entschlossen schießt Hannes hinab zwischen den Tannenreihen durch. An der nächsten biegt er ab und dann gleich wieder andersherum. Einige Stämme später und dem Verlust einiger Federn, die ihm die Tannennadeln herausziehen, landet er auf einem Ast, gut getarnt, und schaut sich um. Über ihm kreist suchend der Verfolger. Eine gute Pause, die er dringend benötigt. Einmal, beim Verstecken spielen in der Schule, hat sich einer auf das Lehrerpult gestellt und weil ihn niemand dort vermutete, blieb er unentdeckt. Zwischen den Bänken und hinter der Tür hatten sie geschaut, aber so offensichtlich verborgen, da half nur das, „Hänschen piep einmal" ihn zu finden. Sein Versteck jetzt ist aber auch nicht schlecht. Nach einigen Runden über ihm zieht der Falke weiter. Ganz vorsichtig startend verfolgt Hannes ihn. Fast unter ihm angelangt, ruft er, so laut er kann. Sofort macht der Überraschte eine Vollbremsung und Hannes überholt ihn lässig. Beide drehen im Aufwind gleitend ein in den Kreisel der anderen und alle genießen den Flug. Inzwischen ist die Sonne weit aufgegangen und aus den Strahlen heraus, in ihnen verborgen, nähert sich eine junge Dame, passiert ihn, um sofort zu wenden. Neben ihm fliegt sie leicht aufsteigend. Es ist, als wolle sie ihn ganz genau betrachten. Aber nicht lange währt die Zweisamkeit, da werden sie von der Seite bedrängt und abgelenkt in die nächste Verfolgungsjagd verwickelt.

In das Spiel hinein halt ein langgezogener Schrei im Kamin. Das Signal zum Aufbruch. Schnell die gewinnen Falken an Höhe über dem Grat und den Kamm entlang gleiten sie davon in den Tag. Hannes dreht einen weiten Bogen, schaut und sucht. Er ist allein. Sein Rufen verhallt über dem Wald. Unbemerkt ist der Chachapoya auf und davon. Vielleicht steht er schon zu Hause zurück im Stall, rechtzeitig zum Melken und Füttern, hofft Hannes. Hinter der Tongrube biegt er in die Gasse ein und jagt zurück die Strecke nach Hause entlang. Hastig reißt er die Tür zu den Kühen auf. Lotte kaut gewohnt gemütlich. Nicht Mal einen Blick ist er ihr wert. Luisas Platz ist leer. Einer Ahnung folgend rennt Hannes in den Garten zum Lieblingsplatz des Chachapoyas. Die Steine daneben sind schnell zur Seite gelegt. Kniend, mit den bloßen Händen, schiebt er schnell die Erde beiseite. Nichts zu finden! Auch dessen Kiste ist fort. Hannes richtet sich auf und sackt enttäuscht zusammen. Oder liegt sie doch ein wenig tiefer? Beim Graben verfängt sich ein Band zwischen den Fingern. Er legt einen dunklen Lederbeutel frei und löst an den Laschen ziehend, dessen Schnüre. Innen glitzert es. Er wendet den Beutel und Mayas goldenes Amulett gleitet in seine Hand. Was für ein Geschenk, das Amulett seiner geliebten Geliebten.

Dann ist er wirklich gegangen. An die Holzwand gelehnt, sitzend, schaut Hannes über den Garten ins Leere. Die Tränen, die still die Wangen hinunterrollen, spürt er nicht. Er ist fort, gegangen, einfach so. Hoffentlich gelingt ihm diesmal sein Vorhaben. Hannes betrachtet die güldene Sonne, fühlt die Glätte des Goldes und verstaut schließlich das Amulett wieder in seinem Versteck. Der Chachapoya ist fortgegangen. „Gute Reise dir und gutes Gelingen!" Den letzten Stein legend macht er sich auf den Weg. An der Pumpe wäscht er das Gesicht, die Kälte lässt ihn schauern. In der Küche ist sein Vater nicht zu finden, auch in der Stube nicht. Er ist bestimmt drüben bei der Oma.

Als Hannes sich zu ihnen an den Tisch setzt, kann er kaum zuhören. Er ist fort, gegangen, einfach so. Lustlos stochert er in seinem Essen.

„Luisa ist weg!", vernimmt er die Worte des Vaters.

Daran hatte er überhaupt noch nicht gedacht. Wie sollte er ihr Verschwinden bloß erklären. Beim Weiden davongelaufen. Das hatten wir schon. Im See ertrunken und versunken.

„Ich kam heute Morgen in den Stall, da war nur Lotte. Erstaunt schaute ich mich um, die Tür zum Garten stand offen und ich fand Fußspuren. Aber sie führten nur zum Stall. Daneben die Hufabdrücke einer Kuh, die hin zum Zaun gingen. Ein Feld Latten war nach außen um gedrückt. Über den Jordan bis in die Wiese konnte ich ihnen folgen. Ein fetter Kuhfladen, in den ich beinahe getreten wäre, war die letzte Spur, die ich entdeckte." Hannes muss schmunzeln.

„Was ist daran denn lustig? Ich glaube, ein Verrückter hat unsere Kuh geklaut und ist auf ihr auf und davon geritten. Luisa war doch schon ziemlich alt. Letzte Woche war ich ja unterwegs zu der Schmiede, im Nachbardorf. Wir waren schneller fertig mit Arbeit als gedacht und da habe ich bei einem Bauern dort auf dessen Wiese die Kälber angeschaut. Eins, das mir auf Anhieb gefiel, wollte ich mit dem Seil um den Hals zum Gatter bringen.

Was soll ich sagen, das Kalb war nicht zu halten und so sehr ich mich dagegenstemmte, es zog mich davon, bis zum Zaun, an der anderen Seite. Ich habe die junge Kuh gleich gekauft. Übermorgen bringt sie der Bauer. Wir brauchen nur noch einen Namen für sie."

„Manchmal fügen sich die Dinge, es braucht nur ein wenig Geduld.", stellt seine Oma fest.

„Auf die Schnelle fällt mir keiner ein, ich muss darüber schlafen. Es hat ja Zeit.", bemerkt Hannes noch tief in seinen Gedanken versunken.

„Den Nachmittag hast zu Zeit zum Nachdenken, hilf bitte Oma gleich beim Sauerkraut. Den Kohl haben wir schon geschnitten.", ordnet der Vater an. Hannes muss an „Max und Moritz" denken, oft hat er bei der Erzählung geschmunzelt „dass sie von dem Sauerkohle eine Portion sich hole, wofür sie besonders schwärmt, wenn er wieder aufgewärmt. Aber wehe, wehe, wenn ich auf das Ende sehe." Und an die Arbeit muss er denken, die nachher folgen wird. Den ganzen Nachmittag wird sie sich hinziehen. Eine Schicht geraspelten Kohl in das halbe Holzfass legen. Gut mit Salz bestreuen, aber nicht mit den Füßen stampfen, das findet er eklig, sondern die Krautfäden mit den Händen kneten, bis sie weich werden und Wasser geben. Darauf die nächste Schicht und die folgenden, bis der Bottich ordentlich gefüllt ist, aber Platz für den Deckel bleibt. Alle paar Tage kann er dann die Steine zum Beschweren herunternehmen, die obere stockige Flüssigkeit abschöpfen und das Ganze wieder mit Wasser auffüllen. „Darf ich, wenn wir fertig sind, noch hoch zum See?" „Klar, aber gib auf dich acht."

Die wohltuende Monotonie der Arbeit tut gut. Nur wenige Sätze tauschen sie. Die Haut der Hände wird vom Wasser und dem Salz weich und runzelig. Auch die Unterarme ermüden immer mehr. Seine Muskeln werden fest und fester, bis sie dann endlich fertig sind. Hannes kann den Deckel drauflegen. Er macht sich auf den Weg zum See. Am Ufer ist er endlich allein und kein Mensch in der Näh. Ein Adler, dass wäre perfekt. Frei fliegen und schreien, so laut ich kann und will, alles herauslassen. Aber nichts geschieht. So sehr er sich müht. Enttäuschung stellt sich ein. Ich kann doch nicht wandeln ohne ihn. Zweifelnd schaut er den Bach entlang. Die Mündung hinauf und zwischen den letzten Bäumen und Büschen ins offen Feld hinein sollte sein Flug starten. Zwei, dreimal schwingt er die Arme loslaufend bei jedem Versuch. Es geht nicht! Und noch einmal ohne Erfolg. Hannes setzt sich in die Wiese.

Da hört er die bestimmt, markant, leise Stimme des Chachapoya zwischen den Gedanken der sich ausbreitenden Verzweiflung: Nicht unbedingt Wollen! Versuche nicht das, was du vor Augen hast, neu zu ordnen. Entleere deinen Kopf, so dass Platz und Raum wird für das Neue, das Andere. Dunkel wie in der Nacht, tief schwarz musst du sehen. Und dann, lass sie zu, deine Vorstellung und wandle. Hannes entdeckt noch einmal die vollkommene Schönheit des nächtlichen Himmels, den eine besondere Sternenschnuppe zerreißt und langsam ordnen sich die Sterne zum Bild des Adlers.

Mühelos hebt Hannes mit einem leichten Sprung ab. Vor ihm den Jordan entlang liegt sein Dorf. Die Dächer leuchten in der Abendsonne, besonders der Kirchturm strahlt. Hoch zur Mühle führt der Flug. Dahinter wendet er bis zur Allee zurück. Gerade anrollend verlässt schwer schnaufend der Zug nach dem Pfiff den Bahnhof. Kraftvoll Wolken in den Himmel drückend, die vom Licht der Sonne sofort rot gefärbt werden, gewinnt er an Fahrt. Nur ein paar Flügelschläge später hat Hannes ihn eingeholt. Seitlich neben ihm in sicherer Entfernung rasen beide die Landschaft entlang. Jede Feder verändert den Flug. Hebt Hannes die Finger, nähert er sich dem Zug, senkt er sie, vergrößert sich der Abstand zu ihm. Mit Bewegungen des Hinterns geht es rauf oder runter. Wohin er der Kopf wendet, bestimmt die Flugrichtung. Eine grobe Gänsehaut jagt die nächste, bis er allmählich ruhiger fliegt. Die Fahrgäste schließen die Fenster und setzen sich hin. Einige haben ihn entdeckt. Mit dem Finger zeigen sie und schauen dem mächtigen Adler nach. Hannes dreht er ab, dem Wald entgegen. Im Gleiten weitet sich das Land. Hier und da ein Baum auf den Hügeln, eine kleine Reihe junger Bäume oder eine langgezogene Hecke, die die gefurchten Felder trennt. Himmel und Erde sind getaucht in leuchtende Farben. Staunend in großer Ehrfurcht und völlig frei in einer unfassbaren Lebendigkeit schreit Hannes vor Glück. Langsam verblasst das grün der Wiesen im Dunkel, je näher er dem Wald kommt. Sein Blick schweift über eine Herde Schafe, die zur Nacht zusammengerückt ist. Einem Holzweg folgend, steigt Hannes hinauf. Oben am Kamm angekommen, dreht er zwei Kreise, bis er auf dem Ast einer Fichte im letzten Licht des Tages landet.

Ein Rat geht ihm durch den Kopf: Besser quäle oder töte kein Tier, sonst steht womöglich der Chachapoya vor der Tür. Und das.... Na ja, du weißt jetzt, was das bedeutet.